selbst - leer

geschehen - lassen

absichts - los

selbst - los

der kommt am weitesten,
der nicht weiß,
wohin der Weg führt

für Ellinor

Wundersame Erlebnisse

Kleine Geschichten,
die darauf gewartet haben,
erzählt zu werden

Bibliografische Information der Deutschen Nationalbibliothek:
Die Deutsche Nationalbibliothek verzeichnet diese Publikation in
der Deutschen Nationalbibliografie; detaillierte bibliografische
Daten sind im Internet über dnb.dnb.de abrufbar.

© 2022 Günter Jahn

Herstellung und Verlag: BoD – Books on Demand, Norderstedt

Layout und Cover: Gerrit Jahn

ISBN: 978-3-7568-5112-6

Inhalt

Teil 1

1–7

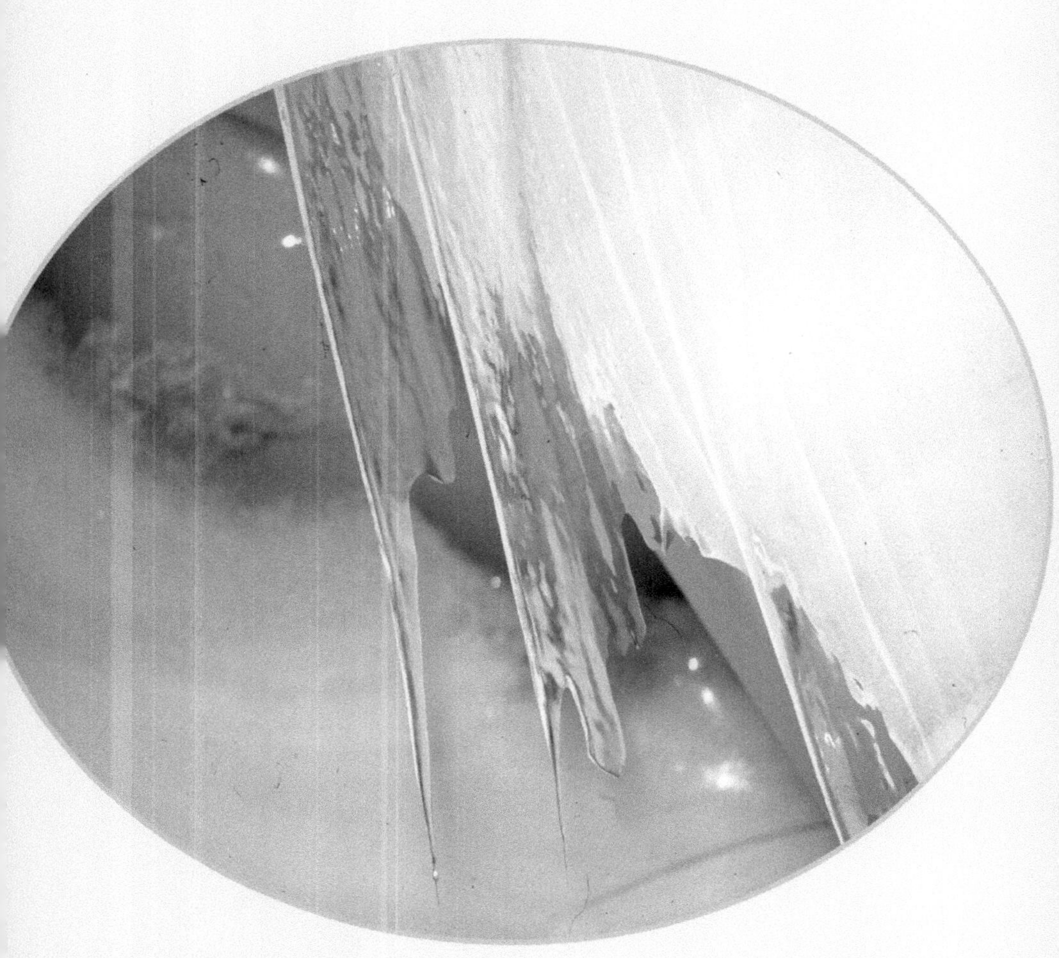

Kleine Einleitung

„Willst du das alles nicht mal aufschreiben, was ihr erlebt habt?"

Diese Frage höre ich in letzter Zeit immer mal wieder. Nun ja, „alles" – das geht bestimmt nicht. Es sind so viele Ereignisse, Geschichten, Erlebnisse, Begegnungen, daß es immer nur eine Auswahl sein kann, – eine Auswahl, die bestimmt schwerfallen wird, da immer wieder aus der Erinnerung etwas auftaucht, was dazu kommen möchte. Aber vielleicht ist es doch gar nicht so schwer: – einfach Impressionen kommen lassen! Es muß ja nicht systematisch sein, auch noch nicht einmal chronologisch, – eher in zufällig sich zusammenfügenden Geschichten.

So lasse ich mich selber überraschen: Welches Erlebnis drängt sich vor, das geschrieben werden möchte?

1. Eishöhle I

„Ich weiß jetzt, wie wir hinkommen!" Helga ist am Telefon; es klingt freudig, denn seit längerem hat sie geplant, mit uns einmal zur Eishöhle zu wandern. „Eishöhle" – das klingt aufregend, nach Abenteuer: Ein Hohlraum in einem Gletscher, der Vergänglichkeit unterworfen, nach kurzer Zeit vielleicht schon wieder von Schneemassen überdeckt, nicht mehr auffindbar. Und jetzt könnte das Wirklichkeit werden, da Helga die Wegbeschreibung bekommen hat?

Dazu muß man wissen: „Wegbeschreibung" in Bolivien (wir leben zur Zeit dort) bedeutet Hinweise wie: z.B. den Schotterweg außerhalb von La Paz (der größten Stadt Boliviens, in einer Höhe von 4000m) Richtung Chacaltaya, dem nächstgelegenen Berg, bis zur Abzweigung nach links, dann Richtung Huaina Potosi, dem Sechstausender, dessen Gletscher die Eishöhle in sich birgt, an dessen Fuß auf verbreiterter Piste das Auto abstellen, zu Fuß zunächst links halten, zwischen den Felsen hindurch…

Ob Helga die telefonisch durchgegebenen Ratschläge genau genug notieren konnte? Nun, irgend jemand ist den Weg schon einmal gegangen und hat sicher nach bester Erinnerung Helga den Weg beschrieben; er wurde von jemandem hingeführt, der selber von jemandem mal hingeführt wurde… So ist das dort: Wanderkarten gibt es dafür nicht, man geht (oder fährt) immer mit jemandem mit, der „den Weg weiß". – Und nun weiß ihn Helga, und wir Drei (Helga, Ellinor und ich) vertrauen der Beschreibung.

Der uralte Toyota Jeep von Helga rattert (von Stoßdämpfern keine Rede mehr) über die holprige Piste – das Gewühl von La Paz, der 2 Millionen Stadt, in einem tiefen Geröll-Canyon gelegen, haben wir hinter uns – über diese holprige Piste also gelangen wir im Kriechtempo langsam höher, rechts der Chacaltaya mit seiner flachen Schneekuppe (5320m), links der Huaina Potosi, ein mächtiger pyramidenförmiger Schneeberg, in dessen Hang irgendwo die Eishöhle uns erwartet.

…Richtung Huaina Potosi, in dessen Hang irgendwo die Eishöhle uns erwartet…

„Hier müssen wir das Auto abstellen!" – Helga ist sich dessen sicher, denn bis hierhin war die Richtung klar.

Die Stelle ist breit genug, daß (falls eins überhaupt mal kommt) ein anderes Auto vorbeikäme.

Ab jetzt holt Helga immer wieder ihren Notizzettel hervor: „Hier geht's lang!" sagt sie mit fester Stimme. Sie weist mit ihrer Hand nach links. Da sollen wir rüber? Ein Stausee erstreckt sich weit nach hinten am Rand des Huaina Potosi, der Staudamm etwa einen halben Meter breit, mit einem Geländer zum See hin, rechts fällt der Staudamm ca. 200m tief zum Tal hinab, fast senkrecht, und zu der Seite gibt es kein Geländer!

Es geht also los: über den Staudamm zur anderen Seite, wo der Aufstieg zum Huaina Potosi beginnt. Wir halten uns am Geländer links fest, Schritt für Schritt vorwärts, trauen uns nicht, rechts nach unten zu blicken, das Ufer drüben nähert sich, wir erreichen „festes Land". So kommt es uns vor.

Wir schauen uns um: vor uns Geröll, einzelne bemooste Felsen, dazwischen vielleicht so etwas wie ein Pfad. Aus dem wolkenverhangenen Himmel senkt sich Nebel herab. Wir vertrauen darauf, auf dem richtigen Weg zu sein. Unsere Zuversicht wird unterstützt: Ab und zu lichtet sich der Nebel, sogar die Wolken reißen kurz auf und lassen einen Lichtstrahl auf den Aufstieg vor uns fallen. Eine Felsengruppe, grün bemoost, verengt sich, die Lücke dazwischen lädt ein weiterzugehen.

Uns so fühlen wir uns geführt durch Hinweise wie zwei markante Felsen, hoch aufragend, die fast menschlichen Umriß haben und uns wie Wächter erscheinen. Sie lassen uns durch.

So zieht sich das, was wir als Weg zu erkennen glauben, immer höher. Die dünne Luft – wir sind in ungefähr 4500m Höhe – macht uns zu schaffen, wenn wir auch durch das Leben in La Paz gut akklimatisiert sind. Die Luft ist feucht und kalt. Unsere Schritte werden langsamer. Guten Mutes durchsuchen unsere Blicke den dichter werdenden Nebel nach Hinweisen auf den Saum des Gletschers. Er muß unmittelbar vor uns weiter oben sein.

Und ein Lichtstrahlt läßt tatsächlich „weiter oben" etwas Weißes aufleuchten, – sicherlich den Gletscherrand. „Da muß es sein!" Doch das Spiel geht weiter: Hoffnung schöpfend, uns dem Ziel zu nähern; dann wieder ist es unseren Augen vom Nebel entzogen. Die Anstrengung des Aufstiegs merken wir immer mehr. Wie lange sind wir schon unterwegs? Wollen wir noch weiter?

Wir müssen an den Rückweg denken. Der Nachmittag neigt sich der Abenddämmerung zu. Über den Staudamm wollen wir möglichst noch bei Tageslicht zurück. So häuft sich das Innehalten, das Ausruhen, Neu-Besinnen, Sich-Aufraffen…

Schließlich der entscheidende Entschluß: Einmütig sehen wir ein, diesmal wohl nicht zum Ziel zu gelangen. Also treten wir den Rückweg an. Dies erfordert ein gutes Erinnerungsvermögen: hierlang – oder dortlang? – Gemeinsam schaffen wir es; tatsächlich sind wir Drei uns stets einig, und diese Harmonie verbindet uns.

Es dämmert, wobei die Dämmerung in diesen Breiten, nur 19° südlich des Äquators, sehr kurz ist. Und so ist uns klar: Den uns bevorstehenden Rückweg über den

Staudamm werden wir nicht mehr bei Tageslicht schaffen und im Dunkeln bewältigen müssen.

Wie auch immer, wir sind am Stausee angekommen. Wir fühlen ihn mehr in dieser nebligen Dunkelheit, als daß wir ihn sehen können: Wir spüren die Kälte, die Feuchtigkeit, die vom Wasser aufsteigt. Uns fröstelt. Jetzt merken wir die Anstrengung der vergangenen Stunden in dieser Höhe.

Und in diesem Moment wird uns bewußt: Es kommt jetzt der vielleicht schwierigste Teil dieser Wanderung, nämlich im Dunkeln auf diesem schmalen Betonstreifen uns am Geländer entlangzutasten, Schritt für Schritt in vollkommener Dunkelheit, links den tiefen Abgrund wissend, mit nur einem Ziel: heil hinüberzugelangen.

Ich wage die ersten Schritte. Das Geländer rechts fühlt sich sehr kalt an, doch es ist der einzige Halt; wir wissen, halten wir uns an ihm fest und ziehen uns daran vorwärts, dann werden wir es irgendwann geschafft haben und drüben am rettenden Ufer angekommen sein.

Dies verlangt uns viel innere Kraft ab. Und so mache ich mich auf den Weg, vorwärts, nur vorwärts in dieser feuchtnebligen kalten Dunkelheit…

Ellinor und Helga müssen nun ebenfalls ihren Mut zusammennehmen, um diese schwierige Situation zu meistern. Wie sie dies erleben, schildern sie nun selbst, zuerst Helga:

„Und jetzt, auf dem Rückweg von der nicht gefundenen Eishöhle, einen Schritt vor dieser unheimlichen Überquerung der Staumauer ohne Sicherung, wird mir plötzlich eiskalt. In mir zieht sich alles zusammen. Mir wird schlecht. Dann seh ich plötzlich nicht mehr richtig. Das Bild vor meinen Augen steht nicht mehr still, dann verliert es an Farben, wird grau, flimmert und besteht nur noch aus sich drehenden grauen Pünktchen.

Links von mir der Abgrund, rechts eine eisige Metallstange, das Geländer. ‚Das schaffe ich nicht mehr‘, denke ich. ‚Unmöglich. Ich bleibe einfach hier sitzen und bewege mich keinen Zentimeter.‘ Dies ist mein einziger Wunsch und Gedanke.

Günter ist nicht mehr sichtbar, ist im aufsteigenden Nebel und in der Dunkelheit verschwunden. Aus weiter Ferne hört man nur noch vage seine Stimme.

Aber Ellinor ist da. Einen Schritt vor mir. Ellinor, die kleine, zarte, vorsichtige Frau. Und ich. Die immer so Starke, Mutige.

‚Ellinor, ich kann keinen Schritt mehr an diesem Abgrund vorbei gehen. Ich falle. Ich falle hinein. Geh du. Geh weiter. Warte nicht. Geh zu Günter. Ich bleibe erst einmal hier.‘

Ellinor muß gespürt haben, daß sich etwas mit mir verändert hat, plötzlich ganz anders ist. Sie weiß aber auch, daß kein Mensch hier bleiben kann. In dieser Eiseskälte, in dieser Höhe, in dieser Einsamkeit.

Sie kommt einen Schritt zurück, faßt nach meiner linken Hand und redet leise und geduldig auf mich ein.

Mit dem Rücken zum Abgrund, mit dem Gesicht zu der eisigen Stange, die ich mit der rechten Hand fest umklammere, trete ich dann diesen fürchterlichen Rückweg an. An der Hand von Ellinor. Unendlich langsam. Zentimeterweise. Schrittchen für Schrittchen. Obwohl ich nichts mehr richtig sehen kann, weiß ich, daß die Dunkelheit jetzt völlig herein gebrochen ist. –

Noch heute spüre ich im Rücken die eisige Kälte, die mich aus der Tiefe des Abgrunds her anwehte. Diese unheimliche Tiefe, die mich zu sich hin zog, in die ich jederzeit fallen konnte.

Und ich spüre jetzt noch die zarten Knöchelchen der schmalen Hand von Ellinor, die meine eiskalte Hand fest und warm umschlossen hielt. Eine Hand, die ich noch heute problemlos nachzeichnen könnte."

Soweit Helgas Darstellung ihrer Erfahrung in dieser schwierigen Situation. Und nun kommt Ellinor zu Wort:

„Als Helga und ich erschöpft den Damm erreichen, erhasche ich gerade noch den Augenblick, in dem Günter in den aus den Tiefen aufsteigenden Nebelschwaden vor uns entschwindet. Mein Rufen erreicht ihn nicht mehr. Oh Schreck! Was nun? – Der Halt, auf den ich immer bauen konnte, ist fort. Wird er es schaffen, den Damm zu überwinden? – Werden wir uns wiedersehen?

Viele Gedanken durchwirbeln meinen Kopf. Und da sagt Helga, total erschöpft an meiner Seite, mit großer Bestimmtheit: ‚Ich bleibe hier! Ich kann nicht mehr!‘ – Ich weiß, in dieser Kälte zurück zu bleiben, wäre unser Beider Tod. Und den Weg über den Damm zu schaffen, ist unsere einzige Chance. Helga zurück zu lassen ist überhaupt keine Option. Wir müssen es wagen. Der Ernst unserer Situation erweckt in mir die Kraft zu handeln.

Und so greife ich nach Helgas Hand und bewege sie dazu, gemeinsam mit mir unsere ‚Rettung' zu wagen. Sehr langsam und mit großer Sorgfalt planen wir den ersten Schritt auf den Damm. Ich gehe voraus, halte mit meiner linken Hand fest das Geländer vor uns – hinter uns der schier endlose Abgrund, – meine rechte ergreift Helgas linke, ihre rechte umklammert das Geländer. Und so ist der erste Schritt geschafft. Wie viele Schritte liegen noch vor uns? Werden wir das schaffen? Darüber nachzudenken ist nicht die Zeit. Nur Schritt für Schritt plane ich. Helgas Schwächezustand verlangt immer wieder nach Erholungspausen. Wir Beide sind aneinander gekoppelt und geben alles, um in jedem Augenblick in unserer Kraft zu sein, nur in so eindringlichem gegenwärtigen Augenblick unsere Aufgabe zu meistern.

Unendlich lang währt dieser Weg für uns, umgeben vom Rauschen des Wassers in der Tiefe, von undurchdringlichem Nebel und der Dunkelheit der Nacht, die uns umgibt. Das einzig Feste ist das schmale Mäuerchen des Staudamms unter unseren Füßen und das kalte Metallgeländer in unseren Händen.

Helgas Zustand ist immer wieder besorgniserregend für mich. Zum Glück gibt es überhaupt keinen Augenblick, um der Angst Macht über uns zu geben. Ruhig und zielstrebig konzentriere ich mich immer wieder nur auf den nächsten Schritt für uns Beide. Und so erreichen wir nach unendlich erscheinender Zeit das rettende Ufer, erleichtert aufatmend und erfüllt von Dankbarkeit."

Als wir Drei nun endlich sicher drüben angekommen sind, müssen wir uns erst einmal auf den Erdboden setzen, egal, wie kalt und feucht er ist, um uns auszuruhen und Kraft zu schöpfen. Es dauert einige Zeit, bis wir uns aufraffen können, die Heimfahrt anzutreten.

Helga ist zu erschöpft, um Autofahren zu können. Sie reicht mir ihren Autoschlüssel. So ist dies nun meine Aufgabe. Ellinor und Helga setzen sich auf die Rücksitze, Ellinor hält Helgas kalte Hände. So ist nun mein einziges Bestreben, uns heil nach Hause zu bringen mit diesem alten Jeep, der mir nicht vertraut ist. Die bisherigen Autoerfahrungen mit dem eigenen Toyota-Tercel-Allrad nützen mir nicht viel; ich bin auf Intuition angewiesen, da Helga nicht ansprechbar ist.

Der Motor springt tatsächlich an, und dann muß ich versuchen, den Rand des Weges im Scheinwerferlicht zu erkennen. So beginnt das nächste Abenteuer: Langsam, sehr langsam, lasse ich den Jeep anfahren. Die Gänge gehen sehr schwer, der zweite Gang ist in dieser Situation die einzige Möglichkeit, sicher im Dunkeln weiter nach unten zu gelangen. So nach und nach vertraue ich diesem Gefährt; es bleibt mir ja auch nichts anderes übrig. Es formt sich in mir fast so etwas wie Gelassenheit, zumindest Ergebenheit.

Um es kurz zu machen: Wir sind tatsächlich – Zeit spielt keine Rolle – irgendwann unten in La Paz in dem Seitental Achumani angekommen. Das Stadtgewühl, hupende Autos, rechts oder links überholend, das Lichtergewirr, all das erlebe ich wie im Traum, ohne Bezug zu dem, was mich bewegt: Die Erfahrung dort oben lebt in mir weiter, all die Empfindungen, Erwartungen, unser Bestreben, unsere Gemeinsamkeit, die Herausforderungen körperlicher und seelischer Art. Was überwiegt, ist das Gefühl der Zufriedenheit, „es" geschafft zu haben, ohne Enttäuschung darüber, nicht bis zur Eishöhle gekommen zu sein – wo auch immer sie sich befinden mag.

Und mit einem Mal sind wir vor Helgas Zuhause unten in einem Seitental von La Paz angekommen. Nun ist alles gut. Jetzt geht es nur noch um Sich-Erholen, Entspannen, das Erlebte nachklingen lassen.

Und uns wird bewußt: Dieses gemeinsam Erlebte hat uns noch enger zusammengeführt. Da ist es nicht so wichtig, die Eishöhle nicht erreicht zu haben, – diesmal, denn natürlich bleibt weiterhin die Hoffnung, daß dies sich irgendwann einmal verwirklichen wird. – Wann und wo? –

Nachwort:

Helga möchte noch einige Gedanken anfügen, die ihr beim Besinnen auf dieses Erlebnis gekommen sind, bevor sie aus ihrer Sicht ihre Erfahrung in Worte gefaßt hat:

„Es ist unglaublich, nach wie vielen Jahren ein Mensch noch uralte Erinnerungen wachrufen kann. Erinnerungen, die unter Tausenden und Abertausenden anderer jahrzehntelang ruhen.

Als mich jetzt Günter an ein Erlebnis erinnerte, das weit über dreißig Jahre zurück liegt, war in Sekundenschnelle alles wieder da: die Stimmung, die Farben, die Geräusche, die Gefühle. Alles.

Dabei war dieses Erlebnis im Grunde kein gewaltiges, kein bahnbrechendes, kein schicksalhaftes. Keines, das ein Leben entscheidend verändert. Oder doch? Wer weiß.

Diese Eishöhle, die uns in ihren Bann gezogen hatte, die wir unbedingt sehen, unbedingt entdecken wollten und zu der wir den Weg nicht fanden! Und meine plötzliche Schwäche.

Dazu muß ich sagen, daß ich mir früher eigentlich kaum eine Schwäche zugestand. Ich hatte stark zu sein, belastbar, gesund, hatte Leistungen zu erbringen. In jeder Hinsicht. Das wurde von mir erwartet, das hatte ich lange geübt und praktiziert. Der Hintergrund interessierte kaum jemanden.

Und jetzt? Auf unserer Entdeckungstour zu der Eishöhle? Kopfschmerzen hatte ich schon den ganzen Tag. Müde und erschöpft war ich auch. Aber das war nichts Außergewöhnliches. Das war schon normal…“

Und nach dieser Reflexion hat sie dann ihre Geschichte aufgeschrieben, die ihr schon gelesen habt. Und ganz zum Schluß fügt sie noch die Worte hinzu: „Ein Erlebnis unter Tausenden von anderen? Oder doch nicht?“

2. Eidechsen

„Willst du nicht mal die Geschichte mit den Eidechsen erzählen?"

„Ja, aber die ist ziemlich kurz!"

„Macht doch nichts, Hauptsache, da ist irgendetwas Besonderes dran."

„Merkwürdig könnte man es auch nennen – oder mystisch…"

„Was meinst du damit?"

„Nun, irgendwie nach irdischem Verständnis nicht erklärlich."

„Also verwunderlich?"

„Ja, überraschend, erstaunlich, wie sich das so ergeben hat…"

„Zufällig?"

„Nein, Zufall gibt's ja nicht, es fügt sich alles immer zusammen, hat einen Sinn."

„Und weißt du den Sinn?"

„Da bin ich noch am Rätseln, vor allem, weil es nicht nur einmal, sondern zweimal passiert ist."

„So, jetzt sind alle genug gespannt, zu hören – bzw. zu lesen – worum es geht, und die Überschrift sagt schon: Eidechsen. Was haben die damit zu tun?"

„Sehr viel; also, ich versuch's:"

Wir haben hier in dem alten Reetdachhaus (von 1840) eine sehr schmale kleine Speisekammer, ohne Fenster, darin ist es also immer dunkel. Wenn man durch die schmale Tür rein geht, sucht die rechte Hand oben an der Decke nach dem kleinen Lichtschalter, der da von irgendeinem Vorbewohner provisorisch angebracht wurde, damit die oben befindliche einfache Glühbirne den Raum erleuchten kann.

In der rechten Wand befindet sich ganz oben eine runde Öffnung, die als Lüftung nach draußen führt. Sie hat etwa 10 cm im Durchmesser und ist mit feinmaschigem Drahtnetz verstopft, damit keine Vögel dadurch reinkommen und darin nisten können. Warum ich das erwähne, werdet ihr später erahnen.

Also, ich bin dabei, etwas aus der Speisekammer zu holen, und bevor ich das Licht wieder ausknipsen will, fällt mein Blick auf den Boden, und zu meiner Überraschung und auch Freude sehe ich auf dem Fußboden eine kleine schwarze Eidechse. Die Überraschung und Verwunderung besteht natürlich darin, daß ich nicht weiß, wie sie hierhergekommen sein könnte, und die Freude ist deswegen zugleich dabei, weil ich Eidechsen mag und sie sehr schön finde.

Auf unseren Reisen in Mittel- und Südamerika haben wir so manches Mal auf alten Gemäuern recht große Eidechsen entdeckt, die sich mit ihren feinen geometrischen Mustern vom Untergrund der zartfarbigen Steine kaum abhoben und unsere Bewunderung hervorriefen.

Nun, diese Eidechse hier auf dem Boden ist sehr klein, sehr schlank, und schwarz, ja, vollkommen schwarz.

Mein Blick wandert zu der runden Öffnung oben — sollte sie dadurch hereingekommen sein? Sie ist ja so dünn, daß sie durch das feinmaschige Drahtnetz wohl durchgekommen sein könnte, und außen an der Mauer kann sie wohl auch senkrecht hochlaufen, wie wir es bei den Eidechsen in den Ruinen in Mexiko beobachtet haben.

Und nun ist sie da vor meinen Füßen, wie gut, daß ich keinen Schritt weiter gemacht habe. Mein nächster Gedanke ist natürlich: Du mußt sie vorsichtig zu fassen versuchen, um sie draußen im Garten in die freie Natur zu entlassen, denn hier würde sie verhungern. Wie gut also, daß ich in der Speisekammer etwas zu erledigen hatte und sie dadurch entdecken konnte – kurz vor meinen Füßen.

Es gelingt mir (was ich in der Hand hielt, habe ich schnell beiseitegelegt, denn ich ahnte, daß sie weghuschen und sich verstecken würde und ich also deswegen schnell handeln müßte) – es gelingt mir, ganz vorsichtig meine Hände links und rechts von ihr auf den Boden zu legen und sie dann mit beiden Händen zu umschließen.

Wie einen kostbaren Schatz trage ich sie durch die Küche zur Eingangstür, drücke mit dem Ellenbogen die Klinke herunter und kann sie dann in die Freiheit entlassen: Ich setze sie auf die runden Steine, die als breite Kante das gesamte Haus umgeben, und sie huscht sofort zwischen die Steine und ist verschwunden. Ich atme auf und bin glücklich über diese Rettungsaktion. Damit könnte die Geschichte beendet sein, als kleine mich anrührende Begebenheit.

Doch nun kommt der nächste Tag, und der hat mit einem Mal einen, wie ich es zu Beginn nannte, „mystischen" Bezug zu diesem Erlebnis. Denn, wie man so sagen könnte „zufällig", hören wir am nächsten Tag im Radio (und diese Nachricht kommt danach nicht wieder), daß über Japan ein Taifun hinweggegangen sei, und die Japaner hätten ihn „Schwarze Eidechse" getauft.

Könnt ihr euch vorstellen, was da in mir vor sich ging? Welche Rolle spielte die Eidechse? Wieso konnte ich sie gerade einen Tag vorher entdecken und nach draußen setzen? Was für ein geheimnisvoller Zusammenhang besteht dazwischen?

Und „mystisch" auch, weil dies noch ein zweites Mal geschieht, ja, es ist kaum zu glauben, ich habe es wirklich erlebt: Ein, zwei Jahre später entdecke ich auf dem Kachelfußboden in der Küche eine kleine bräunliche Eidechse, noch rechtzeitig, bevor sie unter dem Küchenschrank verschwinden konnte (wie kam sie in die Küche?), und wieder konnte ich auch diese mit beiden Händen vorsichtig ergreifen und sie in ihren Lebensraum zwischen den Steinen am Haus entlassen.

Ja, und was heißt „ein zweites Mal"? Einen Tag später (ihr ahnt es schon) hören wir (und auch wieder nur einmal bei einer bestimmten Uhrzeit) „zufällig" in den Nachrichten, daß ein Taifun (diesmal ohne Namen) über Vietnam hinweg ziehe.

Ihr merkt, der Begriff „Zufall" hilft dabei nicht weiter. Ich glaube, es geht auch nicht darum, darüber zu grübeln, warum dies sich so fügte. Ich nehme es hin als Hinweis, daß „Wirklichkeit" über das hinausgeht, was man in dem alltäglichen Einerlei darunter versteht. Und so freue ich mich darüber, dies erlebt haben zu dürfen, lasse es auf sich beruhen und bin gespannt, was einem noch alles im Leben beschert werden wird.

3. Die Kleine

„Welchen Ort sollen wir uns denn diesmal vorstellen?"

„Weit weit weg, in einem fernen Land mit hohen Bergen…"

„In Südamerika?"

„Ja, mit sehr hohen Bergen, den Anden, und wir sind im Süden Boliviens, einem Land, das von der Fläche her dreimal so groß ist wie Deutschland, und da gibt es nur wenige Orte, dafür viele winzige Lehm-Dörfchen, einzelne Höfe, und nur eine richtig große Stadt, La Paz, in 4000 m Höhe gelegen. Unser Ort hier heißt Tarija, eine kleinere Stadt an der Grenze zu Argentinien."

„Und warum seid ihr dort?"

„Wir haben hier viele liebe Freunde, die wir seit vielen Jahren immer wieder besuchen. Und diesmal dürfen wir wieder bei Eva wohnen, einer deutschen Dolmetscherin, Jahrzehnte unterwegs in der Welt, um bei Konferenzen zu dolmetschen. Wir bewundern ihre Sprachkenntnisse (Deutsch, Englisch, Spanisch) und sind fasziniert von ihren großen dunkelbraunen Augen, die in Gesprächen aufleuchten, uns manchmal ungläubig anschauend, wenn wir wieder in tiefgeistige Inhalte eintauchen, uns drängend, noch mehr zu erzählen von manchmal auch uns mystisch anmutenden Begebenheiten (Südamerika ist darin unerschöpflich!) und sie zum Schluß jedesmal sagt: ‚Und das soll ich glauben…?'

Also, bei dieser besonderen Eva dürfen wir wohnen, in einem großen architektonisch sehr erfindungsreich gebauten Haus, mit Erkern, überdachten Terrassen, vorspringenden Gebäudeteilen, und vor allem umgeben von einem wunderschönen, parkähnlichen Garten mit exotischen Bäumen und Büschen, Blumen über Blumen, vor allem Rosen das ganze Jahr hindurch, denn wir sind in tropischen Breiten, wo es nicht so Jahreszeiten gibt wie in Deutschland."

„Und wann kommst du endlich zu der versprochenen Geschichte mit ‚Der Kleinen‘?"

„Nun, ein bißchen Geduld gehört dazu, und ich möchte gerne, daß ihr euch die Umgebung und Situation gut vorstellen könnt, und dazu muß ich noch ergänzen, daß von Evas Terrasse aus der Blick von hier oben, einer Anhöhe, weit nach unten schweift, hinunter zum Ort Tarija, viele niedrige, rot gedeckte Häuser mit viel Grün dazwischen, und ganz weit hinten wird der Flughafen liegen, an dem wir vor Kurzem, von La Paz aus kommend, gelandet sind.

Übrigens, bei ‚Grün‘ fällt mir ein, daß es hier so viele Parks gibt, wie in kaum einem anderen bolivianischen Ort, und in diesen Parks sieht man – als Ausländer darüber staunend, weil wir ja nicht in Asien sind – morgens um sechs viele Menschen in Gruppen Tai Chi üben!"

„Schweifst du nicht schon wieder ab?"

„Nun, es hängt doch alles miteinander zusammen, und ich möchte damit nur hervorheben, warum wir uns hier wohlfühlen, wegen dieser besonderen Atmosphäre, der Ruhe seiner Bewohner. Und noch was…"

„Na?"

„Tarija ist in Bolivien der sauberste Ort. Der Bürgermeister hat es erreicht, daß alle darauf achten, daß kein Müll herumliegt (wie sonst in Bolivien), ein entsprechend ökologisches Bewußtsein in der Bevölkerung schon gewachsen ist."

„Bitte, ich möchte was von ‚Der Kleinen' hören!"

Also gut, aber eine kleine Einstimmung, einen Hinweis habt ihr schon bekommen, als ich (absichtlich) von dem schönen Garten sprach. In diesem Garten begegnen wir nämlich „Der Kleinen" mit Namen Celia, der etwa vierjährigen Nichte von Evas Hausgehilfin. Eva hatte schon angekündigt, Celia würde auftauchen und uns dann nicht mehr loslassen und viel vor sich hinplaudern. Das klang ganz wie eine Warnung, uns nicht zu sehr darauf einzulassen, denn dann würden wir nicht mehr von ihr loskommen.

Die Warnung ist völlig überflüssig, denn wir (Ellinor und ich) lassen uns gern von dieser Kleinen in ihren Bann ziehen. So klein und jung sie ist, sie hat etwas Bezauberndes, – ja, sie verzaubert uns, indem sie unsere Hand ergreift und uns ganz behutsam, wie eine Elfe, durch den Garten führt, ganz langsam, in kleinen Schrittchen, von Blume zu Blume, von Busch zu Busch, immer wieder innehaltend, auf die Schönheiten jeder Blüte hinweisend mit Worten, die wir von diesem jungen Wesen nicht erwartet haben. Das kann sie auch nicht von ihrer Tante,

Evas Hausgehilfin, haben; es kommt so ganz natürlich aus ihr heraus, immer wieder stehenbleibend, uns anschauend, ob wir denn all das Schöne in der Natur bemerken würden, wofür sie unsere Augen öffnen möchte:

„Kommt mal mit zu dieser Blume!" sagt sie. „Schaut mal, wie schön sie ist, wie sie duftet!" Und sie zieht uns zur nächsten Rose: „Die hat besonders schöne Blüten. Seht mal die zarten Farben!" – Sie nennt dabei Worte, die wir gar nicht kennen, führt uns so mit kindlicher Begeisterung ein in eine wunderbare Farb- und Duftwelt in diesem schönen Garten.

Es kommt uns wie ein Geschenk vor, so, als ob ein Wesen aus feinstofflichen Gefilden zu uns gekommen ist, uns an die Hand nimmt, um uns auf die Schönheiten der Schöpfung aufmerksam zu machen, der Schöpfung, die sich in all den Pflanzen dieses Gartens offenbart.

So tauchen wir ein, lassen uns weiterführen, spürend, daß in diesem Augenblick etwas Besonderes, Beglückendes geschieht, was wir bisher mit so einem kleinen Kind noch nie erlebt haben: Die Schönheit der Natur offenbart sich uns. –

„Und wie klingt die Geschichte aus?"

Es ist nur dies eine Mal, daß wir dies mit ihr erlebt haben. Die nächsten Tage hüpft Celia wie alle Mädchen ihres Alters fröhlich im Garten umher, mal plaudernd, mal lachend, mit strahlenden Augen, aber mehr für sich, und so bleibt dieses Erlebnis etwas einmalig Geschenktes, das uns im Inneren tief berührt, uns mit heiterer Stille erfüllt.

Und mit Eva sitzen wir wieder auf der Terrasse mit dem weiten Blick in die Landschaft Süd-Boliviens und unterhalten uns mit ihr in vertrauter innerer Übereinstimmung; all die vielen mit ihr erlebten Geschichten lassen wir auftauchen, und nun kommt noch dieses Erlebnis mit „Der Kleinen" hinzu. Eva staunt: „Das habt ihr wirklich mit ihr erlebt? Das soll ich wirklich glauben?" – Und Evas Augen strahlen wieder so, wie wir es von ihr so gut kennen.

4. Colca

„Wissen Sie eigentlich, daß hier in der Nähe sich die tiefste Schlucht der Welt befindet?"

Wer diese Frage an uns stellt, ist ein Taxifahrer, der vor dem Flughafen in Arequipa in Peru auf Kunden wartet und auch uns schon deswegen angesprochen hat, weil wir vor dem Flughafen wartend und etwas verloren dastehen, da unsere Freunde zum Abholen bis jetzt noch nicht gekommen sind.

Wir verlassen uns immer darauf, daß die von Deutschland aus telefonisch vor Wochen verabredete Ankunftszeit stimmt und wir auch tatsächlich abgeholt werden. Bisher wurden wir in unserem Vertrauen immer bestätigt. Diesmal vielleicht nicht? –

Aber so haben wir wenigstens Zeit, uns mit diesem Taxifahrer zu unterhalten, und diese Frage, ob wir das mit der tiefsten Schlucht wissen, bleibt hängen, denn auf diesen Reisen sind solche Hinweise, von wem sie auch kommen, oft schon sehr hilfreich gewesen. Wir sind ja bereit, immer wieder was Neues kennenzulernen. Und er nennt auch den Namen dieser Schlucht: „Colca". Und betont nochmal, daß auch selbst der Grand Canyon in den USA nicht so tief ist. Wußten wir nicht, müssen wir ihm zugeben.

Das Gespräch endet dadurch, daß tatsächlich unsere Freunde (Florencia, Arturo) auf der Bildfläche erscheinen und wir von ihnen nun betreut werden. Und zum Abschluß noch ein Dank an den Taxifahrer.

– Diese Begebenheit liegt nun zwei Jahre zurück. Das Abholen am Flughafen in Arequipa klappt diesmal wunderbar, und unsere Überraschung ist groß, als unsere Gastgeber freudestrahlend uns erzählen, daß sie diesmal für die drei freien Tage nach den Seminaren mit einer kleinen Gruppe einen Ausflug geplant hätten, und wir dürften mit, und zwar nach – Colca!

Wieder wird uns bewußt, daß es keine Zufälle gibt, daß alles irgendwie sich zusammenfügt. Begeistert drücken wir unsere Freude über dieses Angebot aus, und so dreht sich bald alles um die praktische Umsetzung, die Planung und die Vorbereitung dieser kleinen Reise.

Wir erfahren in den vorbereitenden Gesprächen, daß es nicht nur um die Schlucht selbst geht, als Natur-Phänomen, sondern um etwas, was nur an wenigen Stellen in den Anden zu erleben ist: ganz nah an den größten Vogel Südamerikas heranzukommen und beobachten zu können, – den Kondor.

Man müßte ganz früh, vor Sonnenaufgang, aufstehen, um dann in einer kleinen Gruppe mit Führer in einem VW-Bus eine gute Stunde von der Unterkunft aus (in Chivay, einem winzigen Dörfchen am Eingang in die Schlucht) die Schlucht hochzufahren und dann an einer bestimmten Stelle uns den am Rand der Schlucht auf Felsen hockenden Vögeln zu nähern; sie warten dort auf die aufgehende Sonne. Die dabei entstehende Wärme läßt aus der Tiefe der Schlucht einen Wind-Auftrieb entstehen, dem die Kondore sich anvertrauen, ihre Schwingen ausbreiten, sich tragen lassen und gleitend, ohne einen Flügelschlag, sich spiralförmig in die Lüfte erheben und im Himmel über der Schlucht immer weitere Kreise ziehen.

So wird uns erzählt. Was für eine wunderbare Gelegenheit, ist uns doch auf den Reisen in Südamerika immer wieder der Kondor genannt worden als ein sehr beeindruckender, aber selten zu sehender Vogel, und so wächst unsere Spannung von Tag zu Tag, und wir können kaum den Tag des Aufbruchs abwarten.

Es ist ein klarer Morgen, mit wolkenlosem blauen Himmel. Unsere kleine Gruppe (Chabuca, Ronaldo, Ruth, Ellinor und ich) trifft sich frohgemut am zentralen Platz von Arequipa, der „Plaza de Armas", vor einem kleinen Reisebüro, wo der verabredete Bus, mit anderen Reisegruppen zusammen, uns abholen würde.

Wir haben kleine Handköfferchen bei uns (in der richtigen Größe als Handgepäck in Flugzeugen) und, als das Wichtigste, einen schlichten Stoffbeutel, der nicht zu sehr auffallen sollte, da wir darin unsere wichtigsten persönlichen Reisedinge mit uns führen: Reisepaß, Personalausweis, Portemonnaie, Brille, Fotoapparat, Koffer- und Hausschlüssel (die Köfferchen haben wir natürlich in diesem Land aus Sicherheitsgründen abgeschlossen), Mütze (gegen die starke Sonnen- und UV-Strahlung, wir werden nämlich bis zu einem Paß in 5000 m Höhe gelangen), ein paar Kleinigkeiten und – für Ellinor besonders wichtig – ein besonderer Stein, der uns schon viele Jahre auf allen Reisen begleitet, der ihr sehr viel bedeutet. (Das ist eine andere Geschichte).

Also: Wir sind gut ausgestattet, reisebereit, um neun Uhr soll's losgehen; so haben wir noch eine gute halbe Stunde Zeit, stehen plaudernd vor dem Reisebüro, ich lehne mich an die Hauswand neben dem Eingang, beide Köfferchen sicher links und rechts meiner Füße, so daß ich den Kontakt mit ihnen spüren kann, falls…

Vorsichtsmaßnahmen sind hier unabdingbar. Den besonderen Beutel, diesen unscheinbaren Leinenbeutel, mit allen Wertsachen, habe ich auf einen der Köfferchen gestellt, zwischen meinen Beinen und der Wand.

Dann endlich: Es soll losgehen! Ich greife nach den Köfferchen, beide sind auch noch da, aber – der Beutel ist weg! Ich fasse nochmal hin, – das kann doch nicht sein!

Es sind Gefühle, die mich da durchzucken, die zu einem blitzschnellen Hin- und Her an Gedanken im Kopf führen: Wie konnte das nur geschehen? Ich hatte doch die Koffer mit meinen Füßen in Berührung, stand mit dem Rücken immer an der Wand, und wie konnte jemand unbemerkt hinter mir den Beutel entwenden? Wie ohne Pässe und Geld diese Reise und die weiteren in Peru geplanten Reise-Etappen antreten, wir als Ausländer hier in diesem fremden Land?

Unser uns begleitende Freund Ronaldo reagiert sofort, mit seinem Handy ruft er schnell Bekannte an und bittet sie, eine Telefonkette zu bilden, um die Nachricht von unserem Bestohlen-Werden zu verbreiten.

Vor uns sehen wir eine Polizistin, eilen zu ihr, bitten um Hilfe. Sie handelt sofort, lädt uns Beide, Ellinor und mich, in ein Taxi, schickt den Fahrer zu einem in der Nähe gelegenen polizeilichen Touristen-Büro, und dort kann das Protokoll aufgenommen werden: Bis ins Detail sollen wir den Vorgang schildern und uns vor allem an alle im Beutel gewesenen Dinge erinnern und eine Liste davon anfertigen.

Das kostet einige Mühe, gelingt jedoch mit gegenseitiger Gedächtnis-Hilfe recht schnell; wir können auch erstaunlicher Weise gelassen und mit klarem Kopf (nach dem ersten Schock) uns der Situation stellen. Was bleibt uns denn auch anderes übrig?

Unsere Gedanken kreisen gleichzeitig um die Abreise um 9:00, es ist noch kurz davor, wir wollen auf jeden Fall die Reise antreten, egal was ist. In unserem Vertrauen, es wird schon alles gut werden, stimmen wir Beide vollkommen überein. Das Abenteuer hat begonnen! Mal sehen, wie's weitergeht! –

Nach der Protokollaufnahme bei der Touristen-Polizei bringt uns das Taxi (die Polizistin begleitet und hilft uns die ganze Zeit, ihr sei Dank!) zur Abreise-Stelle, und der Reisebus nimmt uns tatsächlich als letzte mit. Tief durchatmend lassen wir uns auf unsere Sitze nieder; unsere Freunde versuchen, beruhigend auf uns einzuwirken, doch wir sind, woher auch immer, frohgemut, also „guten Mutes" und freuen uns auf all das, was noch alles auf dieser Reise geschehen wird, die einen so dramatischen Anfang genommen hat.

Der Bus ist gut gefüllt mit etwa 30 Touristen. Durchs Stadtgewühl von Arequipa (nur Einbahnstraßen, der Busfahrer muß sich also gut auskennen) gelangen wir schließlich in die Vororte; einfache Wohnblöcke mit

Mauern aus rohen, unverputzten Ziegelsteinen oder mit Lehmwänden säumen die holperige Straße.

An einem Kiosk halten wir: „Hier könnt ihr Wasserflaschen kaufen für die lange Fahrt!" (Wir haben inzwischen herausgehört, daß es mindestens fünf Stunden werden.) Wir ergreifen die Gelegenheit zusammen mit den Anderen, für jeden von uns zwei bis drei Literflaschen zu kaufen. Ronaldo ist so nett und bezahlt sie für uns. Das dauert natürlich, alle haben die Ruhe weg, und wir merken, daß die uns bedrängenden Gefühle, es möge doch weitergehen, hier nichts zu suchen haben: eine Lektion in Gelassenheit!

Die weitere Fahrt geht in die Berge; die Straße steigt an, kahle wüstenähnliche Geröllhänge links und rechts, beige-ockerfarben. Der Motor des Buses gibt verdächtige Geräusche von sich. Als es immer steiler wird, streikt er schließlich. Amüsiert nehmen wir alle dies zur Kenntnis; das gehört ja wohl hier zu so einer Reise. Und uns Beiden kommt augenblicklich eine Bemerkung von Florencia vom vorigen Tag in den Sinn: „Na, wenn ihr man da hinkommt; ich seh euch schon auf freier Strecke stehenbleiben!" – Einen Tag vorher! Hat ihre Vorahnung nun eine Bestätigung finden wollen?

Wie auch immer, wir nehmen auch dies als Hinweis auf kurioses Zusammentreffen von Ereignissen, was das Leben spannend macht und bereichert. – Aber wir alle im Bus wollen natürlich weiter, helfen dem Fahrer, den heißgelaufenen Motor (wir sind ja hier schon in großer Höhe, er fuhr sowieso nur im zweiten Gang) zu kühlen –

und womit? Mit dem kalten Wasser der gerade gekauften Flaschen. Jeder opfert einen Liter nach dem andern, darauf bedacht, eine gewisse Reserve zurückzubehalten.

Der Erfolg stellt sich nach längerem Bangen ein: Der Motor springt an, und in schleichendem, vorsichtigem Tempo geht es immer höher, bis wir auf eine weit gedehnte steinübersäte Hochebene gelangen. Dies ist ein riesengroßes Naturschutzgebiet, weil es dort eine selten anzutreffende Tierart in großen Herden gibt, die Vicuñas, Verwandte der Lamas, also eine südamerikanische Hochland-Kamelart (zwei weitere sind neben den Lamas die Alpakas und die Guanacos). Die Vicuñas sind kleiner als die Lamas, alle haben eine golden-bräunliche Fellfarbe, leben wild in abgelegenen Gegenden in den Anden, sind sehr scheu und müssen geschützt werden, da sie ein besonders wertvolles, feinhaariges Fell besitzen.

Und wir dürfen nun hoffen, sie zu Gesicht zu bekommen auf dieser weiten Hochebene. Die Hoffnung wird nicht enttäuscht: In Sichtweite (eine Prüfung für die Schärfe unserer Augen) steht ein Rudel abseits der Piste. Der Bus hält an, wir dürfen aussteigen, allerdings mit der Aufforderung, uns absolut ruhig zu verhalten. Die Fotoapparate klicken. Mit dem Tele-Objektiv der Kamera können wir die Tiere sehr gut beobachten, im Bewußtsein, hier in dieser Höhe von 4000 m auf dieser einsamen Hochebene in den Anden etwas Besonderes erleben zu dürfen.

Die weitere Fahrt geht in Richtung eines hohen Bergmassivs. Wir wissen, es geht noch bis zum Paß in 5000 m Höhe. Es wird kalt, und wir spüren, wie die dünne Luft uns schwerer atmen läßt. Die Strecke zieht sich hin. Es sollen ja auch insgesamt mindestens fünf Stunden Fahrt sein bis zur Schlucht.

Das Bergmassiv rückt immer näher, schneebedeckte Spitzen bilden am Horizont die uns aus Bolivien so bekannte Silhouette der Anden. Wir sind auf den Paß gespannt: Ist das doch immer ein Überschreiten einer Grenze, und oft ist dahinter die Landschaft sehr verändert, auch klimatisch; hier kann es noch neblig-trüb sein, auf der anderen Seite strahlt die Sonne und gibt den Blick frei auf die tiefer liegenden Täler.

Beim Näherkommen, in ständiger Steigung, wird auch hier der Nebel immer dichter, und schließlich ist es geschafft, wir sind oben. Und an dieser besonderen Stelle möchten wir natürlich aussteigen, die Höhe bewußt erleben, tief durchatmen, ein paar Schritte tun über die steinige Umgebung, langsam, fast schwankend, und – wie wir es in Filmen oder Fotobänden über Tibet gesehen haben – unsere Anwesenheit an diesem hohen Paß dokumentieren, indem jeder von uns einen Stein auf einen der vielen Steinhügel legt, die hier von so vielen Reisenden nach und nach seit langen Zeiten geschaffen wurden: als Zeichen, wir waren hier! –

An dieser Stelle des Erzählens möchte ich auf etwas eingehen, was vor lauter Reisebeschreibung in den Hintergrund getreten ist und was ihr euch vielleicht auch schon gefragt habt, wenn ihr an den Beginn der Reise denkt, an den Diebstahl der für uns so wichtigen

Reisedokumente, und vielleicht möchtet ihr uns fragen: Hat euch das denn gar nicht weiter beschäftigt, euch nicht Bangen und Sorgen fühlen lassen, wie's denn nach dieser Reise nach Colca weitergehen soll, vor allem ohne Pässe; gibt's hier ein deutsches Konsulat? ... und noch viele weitere Fragen! Wir müssen gestehen, wir haben es noch nicht einmal bewußt verdrängen müssen, sondern sind heiter-gelassen, innerlich klar und ruhig, frei von irgendwelchem Bangen, also: voller Vertrauen: Es wird immer alles gut.

Und es kommt noch etwas hinzu, was ihr noch nicht wissen könnt: Nach der Bestandsaufnahme all dessen, was abhanden gekommen war, im Gespräch mit unseren Freunden zu Beginn der Fahrt im Bus, stellte sich heraus, was wie ein kleines Wunder für uns war: Ronaldo hatte – er wußte nicht warum – zwei Mützen mitgenommen, zweitens sehr viel mehr Geld als nötig und drittens „aus Versehen" ein dickes Bund vieler verschiedener Schlüssel (er verwaltet eine Hausgemeinschaft); so war ich mit der so wichtigen Mütze versorgt, er konnte uns das nötige Geld leihen für Unterkunft, Ernährung und Einkäufe, und drittens könnten wir mithilfe seiner ganz unterschiedlichen Schlüssel sicherlich die Schlösser unserer Reiseköfferchen aufbekommen. Dies alles trug dazu bei, daß wir voll innerer Ruhe die Reise fortsetzen konnten in der Gewißheit: Wir können uns betreut und beschützt fühlen!

Nun wieder zum weiteren Verlauf der Fahrt: Wir sind ja auf dem Paß angekommen, haben auf einen der vielen Steinhaufen unseren Stein gelegt, die Höhenluft langsam und tief in uns eingesogen, und nun geht es wieder abwärts. In vielen Serpentinen verläuft die Route nach unten, die Bremsen müssen oft quietschen in den Haarnadelkurven, und dann sehen wir endlich tief unten in vielfältig grüner Landschaft das Ziel dieser Fahrt: der kleine Ort Chivay, mit seinen roten Dachflächen sich deutlich abhebend vom Grün ringsum. Nach den kahlen steinig-grauen Berghängen ist diese Farbgebung eine Wohltat für unsere Augen.

Im Ort drängt sich der Bus durch enge Gassen über holperige lehmige Wege bis zur Unterkunft, einem schlichten, einstöckigen Gebäude. In der Rezeption wird zum Glück nicht nach den Pässen gefragt (es ist hier alles sehr einfach!), und in unserem Zimmerchen im ersten Stock haben wir nichts Eiligeres zu tun, als Ronaldos Schlüssel auszuprobieren: Ellinors Köfferchen läßt sich tatsächlich, nach einigem Probieren, öffnen, nur meiner hat ein spezielles Schloß, und da hilft kein noch so häufiges Probieren. Ronaldo tröstet uns mit den Worten, daß nach der Rückkehr in Arequipa er uns helfen würde, bei einem der auf Schlüssel spezialisierten Straßenhändler den zweiten auch noch zu öffnen. („Die kriegen jeden Koffer auf!") Mit Ellinors nun offenem Köfferchen kommen wir auch zu zweit zurecht.

Ihr erwartetet sicherlich, daß wir dem eigentlichen Ziel der Reise, den Kondoren, nun uns nähern, doch wir müssen euch vertrösten auf den morgigen Tag. Wie wir schon anfangs erzählten, wird dieser Ausflug ja im Morgengrauen losgehen, weil nur dann, bei aufsteigender

Sonne, sich die Kondore in die Lüfte erheben und zu beobachten sind.

Für die verbleibenden Stunden am Nachmittag hat Chabuca, eine unserer Reisebegleiterinnen, sich schon etwas ausgedacht. Sie kennt diese Gegend sehr gut und möchte uns hinführen zu einer besonderen Stelle in der näheren Umgebung, wo sie eine tiefe spirituelle Erfahrung gehabt hat. Sie nennt es „Dimensions-Tor". Dieser Begriff ist uns aus eigenen Erlebnissen in Bolivien vertraut: In tiefer Meditation ist an solchen Orten etwas innerlich zu erleben, was uns hinüberhebt in eine erweiterte Erfahrung von Wirklichkeit. So sind wir gespannt, wohin Chabuca uns führen wird.

Erst einmal müssen wir ein Taxi organisieren, um dorthin zu gelangen; ein klappriger Oldtimer ist das Einzige, was zur Verfügung steht. Wir Fünf quetschen uns in dies enge Gefährt. Von Stoßdämpfern kann keine Rede mehr sein, merken wir, als es über steinige Feldwege irgendwohin geht. Chabuca gibt dem jungen Fahrer Hinweise, so gelangen wir tatsächlich zu der Stelle, wo Chabuca sagt: „Hier ist es!"

Wir sehen eine distelbewachsene Steinmauer, dahinter einen buschbewachsenen grünen Abhang. Mit gegenseitiger Hilfe schaffen wir es, ohne zu viele Stachel-Attacken über diese Mauer zu gelangen, steigen den Hang ein Stückchen höher (der Taxifahrer soll auf dem Weg unten auf uns warten) und verweilen dann an der von Chabuca bestimmten Stelle. (Wieder: „Hier ist es!")

Wir wissen aus Erfahrung, daß man nichts erwarten darf. Es wird das an innerer Erfahrung uns zuteil, was uns entspricht in diesem Lebensmoment. So stehen wir Fünf hier mitten in der Landschaft, schließen die Augen und tauchen ein in die innere Stille.

Dies ist für jeden von uns eine sehr persönliche Erfahrung. Schweigend steigen wir den Hang wieder hinunter, schaffen das Überklettern der Distelmauer, und der Taxifahrer wartet tatsächlich auf uns (das Geld bekommt er ja auch erst hinterher, bei erfolgreich erfolgter Fahrt).

Nun geht es kurios weiter: Der Wagen springt nicht an. Gemeinsam schieben wir ihn an, und es gelingt tatsächlich, den Motor anspringen zu lassen. Ein paar Meter, dann hat das Auto einen Platten. Es ist der linke Vorderreifen. Aus dem Kofferraum holt der Fahrer einen Ersatzreifen: Staunend sehen wir, daß es kein Auto- sondern ein Motorrad-Reifen ist, den er mit dem platten Reifen austauscht. Und mit diesem kleineren Reifen vorne links geht nun das Abenteuer weiter, in Schieflage und noch holperiger.

Innerlich geschieht da ganz viel in uns: Schmunzeln und Wundern über diese kuriose, ja absurde Situation mit der Frage nach der Bedeutung dieser Ereignisse.

Mit letzter Kraft bringt uns das Taxi zum abendlichen Ziel, als erholsamen Abschluß dieses ereignisreichen Tages.

In Chivay gibt es nämlich heiße Quellen, und in einer überdachten Halle dürfen wir als letzte Gäste (wir werden gerade noch vor dem abendlichen Schließen hereingelassen) es uns gutgehen lassen in einem großen runden Becken, uns dem wohltuenden warmen Wasser anvertrauen und die Gedanken mit dem Plätschern des Wassers fließen lassen, vielfältige Gedanken, Erinnerungsbilder dieser bisher durchlebten Reise kommen lassen, um uns herum dampfende Wärme.

Dieser entspannende Abschluß des Tages im Thermal-Bad endet auf eine wiederum merkwürdige Weise: Wir merken mit einem Mal, daß wir mit dem Wasser langsam sinken. Da wir die letzten sind und die Badewärter Schluß machen wollen, lassen sie das Wasser ab, um dann das Becken zu reinigen. Wir sehen sie auch schon mit Schrubbern am Rand stehen. Da bleibt uns nichts anderes übrig, um nicht auf dem Grund zu landen, als diese abendliche Erholung zu beenden. Die Wärter sind uns dafür dankbar. –

Der nächste Tag ist ganz dem imposanten Vogel der Anden gewidmet: dem Kondor. Dies ist auch recht kurz zu erzählen, da der Ablauf, wie vorher angekündigt, auch wie geplant vonstatten geht. Mit einem Kleinbus geht es um 6.00 Uhr morgens los, in Serpentinen am Rand der Schlucht immer höher, der Blick nach unten zu den grünen, terrassierten Hängen mit dem kräftig dahinströmenden Fluß ganz unten wird immer eindrucksvoller. Natürlich spüren wir in uns, wie eine erwartungsvolle Spannung uns immer mehr erfüllt, sind wir doch jetzt dort, worauf sich unsere Gedanken seit langem gerichtet haben, diesem „Vogel der Anden" zu begegnen.

Und wir werden nicht enttäuscht. Als wir als kleine Gruppe unter der Anleitung und den Ermahnungen unseres Führers, absolute Ruhe zu bewahren, vorsichtig bis an den Rand des Canyons uns vorwagen dürfen, sehen wir tatsächlich einige dieser riesigen Vögel auf Felsen oberhalb des Abgrunds hocken. Die Sonne steigt höher, und nach und nach erhebt sich einer nach dem anderen in die Lüfte, indem er nur die Flügel ausbreitet und den durch die zunehmende Sonnenwärme stärkeren Luftauftrieb benutzt, um sich tragen zu lassen und langsam in immer weiteren Kreisen sich emporzuschwingen.

Wir schauen fasziniert zu, sehen die Vögel näherkommen, dicht über uns gleiten, wie sie wieder einen noch weiteren Bogen am Himmel ziehen, sich entfernen, immer höher, bis sie für unsere Augen nur noch kleine dunkle Pünktchen sind. – Gebannt versuchen wir, mit unseren Blicken den eleganten gleichmäßigen Flugbewegungen zu folgen, diesem lautlosen Schweben. – Um uns ist Stille, keiner traut sich zu reden.

...wie sie wieder einen noch weiteren Bogen am Himmel ziehen, sich entfernen, immer höher...

Wie lange dies währt, ist uns nicht bewußt, wir sind einfach hier, erleben dies wunderbare Schauspiel, sind erfüllt von stiller Freude, haben das Gefühl, daß sich mit diesem Erlebnis etwas Einzigartiges erfüllt. –

Vielleicht möchtet ihr wissen, ob die Schlucht wirklich so tief ist (wie vom Taxifahrer am Flughafen vor zwei Jahren stolz erklärt), tiefer als der Grand Canyon in den USA? Wir trauen uns zum Abschluß dieses Ausflugs, an einer Aussichtsplattform über den Rand der vorspringenden Felsen zu blicken. Der Blick verliert sich in der Tiefe, der Grund der Schlucht ist kaum zu erkennen. So wird es wohl stimmen?

Die Einheimischen sprechen von 4000 m Tiefe. Sie erzählen uns auch eine makabre Geschichte, die mit der Schlucht zusammenhängt: Einmal fuhr ein Pärchen (er war jedoch mit einer anderen verheiratet) bis an den Rand der Schlucht dort oben, wo wir uns jetzt auch befinden, um im Auto ihre Liebes-Episode an dieser besonderen Stelle zu genießen. Dies wurde ihnen zum Verhängnis: Die Verwandten der Betrogenen waren heimlich gefolgt; sie schoben das Auto mit den Beiden bis an den Rand und stießen es hinunter.

Wir können mit einem Schaudern tatsächlich dort unten etwas Rotes erspähen, nämlich das Dach dieses Autos. Es liegt bis heute noch dort unten, unerreichbar aufgrund der großen Tiefe. –

Die Rückfahrt am folgenden Tag nach Arequipa verläuft ohne Pannen oder kuriose Begebenheiten (es gab wohl am ersten Tag genug davon!), und was noch zu bemerken ist, um eure Neugier zu stillen: Ronaldo schafft es tatsächlich (wie angekündigt), nach der Rückkehr in Arequipa abends auf der Straße einen fachkundigen Straßenhändler ausfindig zu machen, der – ruckzuck – nach wenigen Minuten trickreich mein Köfferchen zu öffnen weiß.

Ist damit schon alles erzählt? Was ist mit all den gestohlenen Dingen, unseren Pässen und vor allem Ellinors besonderem Stein? Erst jetzt, bei der Rückkehr, kommt uns unsere schwierige Lage ins Bewußtsein. Wie können wir alles regeln, wie kommen wir zu Ersatzpässen?

Doch wir werden in einer unglaublichen Weise überrascht, als wir unsere Unterkunft betreten und unsere Gastgeberin, Florencia, mit einem schelmischen Blick, ohne Worte, die Tür zu unserem Schlafzimmer öffnet: Auf unseren Kopfkissen liegen, schön säuberlich nebeneinander, unsere Reisepässe! –

Florencia kann uns diese so unwahrscheinliche positive Wendung der Ereignisse erklären: Die Telefonkette, die Ronaldo gleich am Morgen nach dem Diebstahl in Bewegung gesetzt hatte, führte zu einem wundersamen Erfolg: Als nämlich eine Freundin auf diese Weise von unserem Los erfahren hatte, ergriff sie im dortigen Regionalrundfunk das Wort und wandte sich direkt an den Dieb (in der Hoffnung, daß er zuhörte) mit der Bitte, doch wenigstens die Pässe (irgendwie) zurückzugeben. Wir seien Fremde in diesem Land, hätten mit unseren Seminaren einen positiven Beitrag für die Menschen hier geleistet und würden unter dem Diebstahl nun leiden, und so möge er doch bitte ein Einsehen haben, wenigstens in Bezug auf die Pässe.

Und was geschah dann? Florencia erzählt uns: In der Hauptpost fand ein Schweizer die beiden roten Pässe, die er als deutsche erkannte, auf einem Fensterbrett. Er rief sofort die Deutsche Schule in Arequipa an, die Sekretärin ließ sich die Namen der Pässe, also unsere, telefonisch durchgeben, und neben ihr stand „zufällig“ eine unserer Gruppenteilnehmerinnen, Maria Salomé, die beim lauten Wiederholen dieser Namen vor Freude juchzte, wußte sie uns doch nun gerettet, und so ging alles einem guten Ende entgegen: Der Schweizer übergab unserer Gastgeberin, der Florencia, in ihrem Büro unsere Pässe, und sie konnte kaum unsere Rückkehr abwarten, legte sie auf unsere Kopfkissen in freudiger Erwartung unserer Überraschung. So konnten wir nur noch staunen und dankbar sein für diese uns rettende Fügung. Wie glücklich wir Florencia umarmten, könnt ihr euch vorstellen. –

Der für Ellinor so wichtige „besondere Stein" ist nicht wieder aufgetaucht, auch alles andere nicht, aber das Wichtigste sind die Pässe, um auf diesen Reisen unsere Identität dokumentieren zu können.

Dem Stein aber möchten wir ein Extra-Kapitel widmen, um sein Geheimnis in der richtigen Weise zu würdigen. – Ein bißchen Spannung muß ja sein! –

5. Drei Federn

„Das klingt ja wie der Titel eines Märchens! Hat es auch etwas davon?"

„Nicht direkt ‚Märchen‘, denn dabei denkt man eher an etwas, was über das in unserem Leben Mögliche hinausgeht, mit Verzaubern und so was. Es hat aber doch etwas ‚Märchenhaftes‘ in dem Sinne, daß wir uns sehr wundern, wie innerhalb von drei aufeinanderfolgenden Tagen an unterschiedlichen Orten so etwas sich zu wundersamen Ereignissen zusammenfügen konnte."

„Und was hat das mit Federn zu tun?"

„An jedem der drei Tage spielten eine und am dritten Tag sogar viele Federn eine besondere Rolle; sie waren so etwas wie der Leitfaden, der von einem zum nächsten unerwarteten Geschehen führte, und da kann man nun wieder nicht von ‚Zufall‘ sprechen, sondern eins bereitete das andere vor, ließ uns die Botschaft erkennen, die uns die Federn überbringen wollten."

„Jetzt hast du's aber spannend gemacht! So erzähl schon!"

Also: Stellt euch einen mit Glas überdachten Innenhof vor; vielleicht nur drei Meter über unseren Köpfen wölbt sich diese transparente Schicht. Mehrere Türen gehen von diesem Hof aus zu verschiedenen Versammlungsräumen, ziemlich kleinen; wir sitzen mit 15 Personen in einem dieser Räume. Der Anlaß zu unserem Zusammensein ist ein Lichtenergie-Kursus, den Ellinor und ich geben. Wir sind in Lima, mitten in der Stadt, aber hier in diesem Raum ist es recht ruhig.

Wir brauchen auch diese Ruhe, denn es geht um Meditation und Einweihungen. Wir sitzen im Kreis, Ellinor führt eine Meditation, die uns tief nach innen trägt. Es dauert danach einige Zeit, bis alle Teilnehmer aus der inneren Stille wieder in ihr bewußtes Tages-Dasein zurückkehren.

Nacheinander erzählt nun jeder, was er an inneren Erfahrungen, Bildern, Empfindungen gehabt hat. Als gerade eine ältere Teilnehmerin anfangen möchte zu berichten, ertönt ein Handy (was zu dieser Zeit noch sehr wenige besitzen und eigentlich vorher hätte abgestellt werden müssen). Wir schrecken leicht zusammen, die Urheberin dieser Störung, Isabel, geht schnell nach draußen, um den Anruf (der wahrscheinlich für sie sehr wichtig ist) im Innenhof entgegen zu nehmen.

Damit ist im Raum wieder Ruhe, und die ältere Teilnehmerin kann nun ihre innere Erfahrung kundtun: Sie erzählt, daß sie sehr deutlich erfahrbar über ihrem Kopf eine weiße Feder gesehen hat. Sie ist sehr beeindruckt davon, weil sie dies als etwas sehr Wirkliches erlebt hat und ahnt, daß darin eine Botschaft steckt.

Ellinor gibt ihr den Hinweis, daß eine Feder ja mit einem Vogel etwas zu tun hat, und ein Vogel erhebt sich in die Lüfte, also über unsere Ebene hinaus. Somit kann die Botschaft dieser Feder darin bestehen, daß diese Erfahrung ein Zeichen ist, ein Geschenk, ein Symbol, um uns darin zu bestärken, daß wir uns unserer Verbundenheit mit höheren, man könnte auch sagen: lichteren Ebenen gewiß sein können. Die Teilnehmerin ist innerlich sehr bewegt.

In diesem Moment kommt Isabel von draußen wieder herein, geht freudig in die Mitte des Kreises, sagt: „Guckt mal, was ich draußen gefunden habe!" Sie öffnet ihre Hand, und wir sehen darin eine weiße Feder! Unsere Überraschung könnt ihr euch vorstellen. Was für eine Bestätigung: eine reale Feder! Und genau nach der Erzählung der Teilnehmerin ist sie hereingekommen, ohne zu ahnen, was ihre Feder für uns bedeuten würde.

So ist Isabel zu einer Botin geworden, und wir verstehen den Zusammenhang auch so, daß alles so geschehen mußte: der Anruf, Isabels Gang nach draußen, damit sie dort die Feder finden konnte. Zufall? Eher: Koinzidenz, und das bedeutet: innerer Bedeutungs-Zusammenhang. – Dies ist der erste Tag, an dem wir von einer Feder beglückt werden.

Und nun zum zweiten Tag: Szenenwechsel: Ein Klassenraum, mit kleinen Sitzbänken, wir sind in einer Grundschule, wieder in Lima; versammelt sind etwa dreißig Personen, Erwachsene, die etwas Mühe mit dem Sitzen auf diesen niedrigen Sitzgelegenheiten haben. Wir fühlen uns wie Kinder, Schulkinder, sind es im Grunde auch, denn vorne vor der Tafel steht jemand, der wie ein Lehrer uns einführen möchte in ein geistiges Gebiet, und zwar Meditation. Er ist vielleicht Mitte vierzig, wirkt noch sehr jung, spricht ruhig und klar; wir können ihm, obwohl er Spanisch spricht, gut folgen, da wir uns mit dem Inhalt seiner Worte in Resonanz fühlen.

Er heißt Sixto Paz; er ist in Südamerika und in Spanien sehr bekannt als Vermittler geistiger Erkenntnisse, die etwas zu tun haben mit der besonderen Zeit, in der wir leben, einer Zeit, die von großen Veränderungen geprägt ist – und auch weiterhin zu unerwarteten Wandlungen führen wird.

Wir lauschen gebannt seinen Worten, eröffnen sie uns doch faszinierende Erkenntnisse über unseren Alltag und diese Wirklichkeit hinaus.

Und dann leitet er uns an zu einer langen, tiefgehenden Meditation. Seine ruhig gesprochenen Worte lassen in uns innere Bilder entstehen, und jeder Teilnehmer kann in einer ihm entsprechenden Weise so den Verlauf der geführten Meditation auf einer inneren Ebene miterleben. Als Abschluß dieser Meditation in diesem Klassenraum einer Grundschule in Lima erhalten wir von einem innerlich vorgestellten Wesen, einer weisen alten Frau, ein Geschenk, jeder gewiß ein anderes, und jedes hat eine für uns gültige Botschaft.

Nach der Meditation, in einem Austausch des Erlebten, geht es auch um das jeweils erhaltene Geschenk. Und da sagt unsere Nachbarin – ihr Name ist Maria, wir kennen uns schon lange, wir haben bei ihr in Lima oft wohnen dürfen – da sagt Maria: „Ich habe eine weiße Feder bekommen!" – Unsere Überraschung könnt ihr euch vorstellen, haben doch einen Tag vorher schon mal Federn (eine reale und eine geistig erlebte) eine Rolle gespielt. Sie begleiten uns also weiter, stellen eine wie auch immer zu erklärende Verbindung vom ersten zum zweiten Tag her.

Für die dritte Geschichte, am dritten Tag, bleiben wir noch bei Maria, denn sie ist dann die Hauptperson. Dazu muß ich vorweg etwas erklären: Dieselbe Maria hat nämlich am Tag vorher auch an der Versammlung teilgenommen, wo schon einmal Federn eine Rolle spielten. Sie ist genauso überrascht und erfreut, da sie nun heute ebenfalls eine Feder bekommen hat, und spürt, daß dies für sie eine besondere Bedeutung haben wird. Ein Hinweis auf eine weitere Fügung? –

Und noch etwas möchte ich zum weiteren Verständnis dieser Geschichte erläutern: Maria ist seit vielen Jahren bei unseren Lichtenergie-Kursen immer dabei und möchte nun selber Lehrerin werden, um eigene Kurse geben zu können. Dazu gehört eine Einweihung, und so ist ein wichtiges Motiv in diesen drei Tagen in Lima, einen geeigneten Ort zu finden, wo Ellinor Maria die Einweihung übermitteln könnte.

Und so sind Beide auf der Suche, um intuitiv zu erspüren, welcher Ort dem Anlaß entsprechen würde. Beide wissen: Es wird sich ergeben, – so, wie bisher immer alles sich ergeben hat.

Und nun kann die Geschichte am dritten Tag weitergehen. Aber es gibt noch einen Bezug zum zweiten Tag, um den weiteren Verlauf in seiner Bedeutung verstehen zu können und mitzuerleben, wie die Formulierung „es wird sich ergeben" zu Wirklichkeit wird.

Sixto hat nämlich nach der Meditation und dem Austausch der inneren Erfahrungen darüber gesprochen, wie so eine geführte Meditation in ihrem Ablauf aufgebaut sein kann, in verschiedene Phasen, wie ein Pilgerweg über verschiedene Stationen. Und dabei fällt das Wort „Pachacamaque" als Bezeichnung eines spirituellen Ortes aus der Inka-Zeit, der sich dafür eignen würde.

Merkwürdigerweise bleibt dieses Wort (obwohl es bestimmt nicht so leicht im Gedächtnis zu behalten ist) sofort bei uns Beiden haften wie etwas, was ein Geheimnis in sich birgt, dem wir nachgehen müßten.

Also: Endlich dritter Tag, letzte Möglichkeit für Ellinor und Maria, den geeigneten Ort für die Einweihung zu finden, immer wach danach Ausschau haltend, hinspürend, Schwingungen erspürend. Es ergibt sich, daß eine Teilnehmerin, Lourdes, die an beiden vorherigen Tagen auch immer dabei gewesen ist, uns am dritten Tag zu ihrem kleinen Ferienhaus an der Pazifikküste etwa 40 km südlich von Lima einlädt, zum Picknick, zum Ausspannen, frische Luft Schnappen nach den Tagen in der lauten, staubigen Millionenstadt Lima. Freudig und dankbar nehmen wir dieses Angebot an. Wird dort vielleicht der rechte Ort sein? Wir wissen ja: Alles ergibt sich!

Die Panamericana fahren wir nach Süden, biegen dann zu einem kleinen Badeort ab, gelangen zu ihrem kleinen, gemütlichen Ferienhäuschen, gehen am Strand spazieren, immer Ausschau haltend: Wo ist die richtige Stelle für die Einweihung? Aber bis jetzt schwingt noch nicht die richtige Resonanz mit.

Warum auch immer, uns fällt der Name „Pachacamaque" ein (Betonung übrigens auf der letzten

Silbe), und wir fragen Lourdes, was es mit diesem Namen auf sich hat. „Ach, das ist doch dies große Ausgrabungsgelände aus der Inka-Zeit mit einem Sonnen- und einem Mondtempel, und das liegt in zehn Minuten Entfernung von hier!"

Zufall? Nein, wir wissen uns eingebunden in Fügungen, wissen uns geführt, wenn wir offenen Sinnes vertrauen. „Können wir da hinfahren?" – „Natürlich, sofort!" antwortet freudestrahlend Lourdes, weil sie sehr gern uns diesen besonderen Ort zeigen möchte. Und Ellinor und Maria? Sie ahnen, mit weiblicher Intuition, daß dies nun endlich zum Ziel führen wird.

Die Ahnung wird zu einer Gewißheit, als Lourdes auch noch genauer die spirituelle Bedeutung von Pachacamaque hervorhebt. Der Mondtempel dort war eine Ausbildungsstätte für junge Priesterinnen, die dort in heilige Riten eingeweiht wurden. Es kann keinen Zweifel geben: Einen besseren Ort für die Einweihung gibt es nicht! So viel Übereinstimmung füllt uns mit freudiger Erwartung, als wir uns diesem Ort nähern.

Und so gelangen wir ans Ziel: Ein weitläufiges, lehmfarbenes hügeliges Gebiet erstreckt sich vor uns, in der Ferne ragt eine Stufenpyramide empor, wohl oben darauf der Sonnentempel; doch das ist nicht unser Ziel (wenn wir sie auch später besichtigen), sondern der Mondtempel, der dem weiblichen Aspekt zugeordnet ist.

Er liegt tiefer, in einer Senke, kaum erkennbar, da er sich farblich einfügt in die Umgebung, mit beigefarbenen Mauern aus Lehm. Lourdes erzählt uns, daß die

Außenwände der verschiedenen Gebäudeteile vor Kurzem neu verputzt wurden und daher so glatt und sauber sind.

Was uns aber besonders überrascht, ist, daß einige Wandflächen weiß übertüncht erscheinen, – und die Erklärung dafür sehen wir auch: Hunderte von Schwalben, ja, wir können es kaum glauben, Hunderte von Schwalben schwirren in einem wilden, eleganten Tanz über den Gebäuden, fliegen durch Maueröffnungen ein und aus, in einer faszinierenden Geschwindigkeit fliegen sie durcheinander, nisten wohl in den leeren Gebäudeteilen, und sie sind natürlich der Grund für die weiße Farbe auf vielen Wänden, indem sie ihre Exkremente darüber fallen lassen und sie auf diese Weise weiß getüncht haben.

Wir stehen staunend vor diesem Schauspiel, erinnern uns an die zwei vorhergegangenen Tage, an denen Federn sich bemerkbar gemacht haben, – und nun diese vielen Schwalben, die diesen Mondtempel sich auserkoren haben als Nistgelände und ihn – so scheint es – mit der Weißfärbung für uns vorbereitet haben.

In gespannter Erwartung steigen wir breite Stufen hinunter bis zur Tempelebene – Lourdes ist unsere Führerin –, gehen dann einen schmalen Gang zwischen glatten Lehmwänden bis zur nächsten Ebene empor, einer Art Terrasse, und von dort zielstrebig, wie magisch angezogen, zu einem Gebäudekomplex, der aus mehreren hintereinander liegenden leeren Räumen besteht.

...gehen dann einen schmalen Gang zwischen glatten Lehmwänden bis zur nächsten Ebene empor...

Raum für Raum durchschreiten wir, der Boden besteht aus weichem, hellem Sand, und – oh Wunder! – dieser Boden ist in allen Räumen bedeckt von einer Unzahl weißer Schwalbenfedern, die sie wohl bei ihren wilden Flügen immer mal verlieren. Sie stören sich nicht an unserer Gegenwart, fliegen ein und aus, durch Öffnungen in der Außenwand, und wir fühlen uns einbezogen in ein wunderbares Naturgeschehen.

Wir gehen bis zum letzten Raum, wo es nicht weitergeht. Hier also ist das Ziel! Vorsichtig betreten wir barfuß den mit Federn bedeckten Sandboden, der sich weich an unsere Fußsohlen schmiegt. Wir werden ganz still und öffnen unsere inneren Sinne für das, was nun an diesem besonderen, ersehnten Ort sich verwirklichen wird: Ellinor wird sich innerlich vorbereiten, um die Einweihung von Maria durch sich geschehen zu lassen, – an dieser Stätte, an der vor Jahrhunderten junge Priesterinnen geweiht worden waren.

Wir sind die einzigen Anwesenden im Mondtempel; – eine tiefe Ruhe ist in uns, freudige Erwartung erfüllt uns; um uns ein vielfältiges Schwalben-Zwitschern, das uns behutsam umhüllt.

Wir haben ein kleines klappbares Höckerchen bei uns. In der Mitte des kleinen Raumes setzt sich Maria darauf. Die folgenden Minuten sind erfüllt von Stille, – einer Stille, mit der das Schwalbenkonzert verschmilzt.

Ellinor gibt sich dem Ritus der Einweihung hin, im Bewußtsein, daß für Maria auf geistigen Ebenen das geschehen wird, was sie befähigen wird, selber als Lehrerin, als Vermittlerin zu wirken.

Lourdes und ich stehen auf dem mit weißen Federn bedeckten Sandboden etwas entfernt von dem Geschehen in der Mitte dieses Raumes – und doch mit einbezogen. Wir spüren, wie wir gemeinsam an etwas teilnehmen dürfen, was uns hinüberhebt in eine erweiterte Wirklichkeit. –

Wieviele Minuten verstrichen sind, ist uns nicht bewußt. Doch fast gleichzeitig öffnen wir Vier die Augen. In uns ist ein tiefer Friede. – Lourdes findet als erste zurück zu Worten: „Ellinor, ich habe dich in der Mitte gesehen, wo Maria die Einweihung empfangen hat. Dies ist auch für dich geschehen!" –

Und so wird Ellinor und uns bewußt, daß wir Teil eines größeren Ganzen sind und immer Empfangende; und gerade an diesem Ort, an dem vor langer Zeit junge Priesterinnen ebenfalls in so ein geistiges Geschehen einbezogen waren, spüren wir die Schwingung inniger Hingabe, so als ob seitdem keine Zeit vergangen ist. – Und ich erinnere mich, daß beim Betreten dieses Ortes in mir die Worte entstanden waren, ganz leise: „Ich bin heimgekehrt". – Verknüpfungen über die Zeit hinweg? –

Die Stille in uns schwingt weiter. Langsam gehen wir wortlos wieder aus diesem Raum nach draußen, bewußt die Fußsohlen auf diesen ungewöhnlichen Boden setzend, – ja, es kommt uns wie eine feierliche Prozession vor, mit hineingenommen in die Bedeutung dieser Stätte, in einer ständig lebendigen Gegenwart, unabhängig von Zeit. –

Wir durchschreiten auf dem Rückweg Raum für Raum und gelangen so wieder auf die Terrasse. In der linken Lehmmauer befinden sich Nischen, mehrere nebeneinander. Diese laden uns ein, uns da hineinzustellen, jeder in eine, um das Geschehen ausklingen zu lassen. Wortlos verständigen wir uns, und so stehen wir Vier in diesen Nischen, atmen ruhig und gleichmäßig. Und ganz von allein entsteht in uns der Wunsch, das „OM" erklingen zu lassen. Einen schöneren Ausklang können wir uns nicht vorstellen, vor allem, da wir spüren, wie eine völlige innere Übereinstimmung uns verbindet. –

So neigt sich nun auch dieser besondere dritte Tag seinem Ende zu. Wir brauchen gar nicht viele Worte auszutauschen; wir alle sind glücklich und dankbar, – dankbar für die wundersamen Fügungen, die diese drei Tage miteinander verknüpfen.

6. Nur ein Stein

„Ach, kommt jetzt die versprochene Geschichte mit dem ‚besonderen Stein‘, von dem in der Colca-Erzählung die Rede war?“

„Ja, richtig; weißt du auch noch den Zusammenhang?“

„Ja, ihr wart bestohlen worden, irgendwo in Peru, und mit dem kleinen Beutel mit euren Wertsachen war auch dieser Stein weg gekommen, stimmt’s?“

„Ja, das hast du dir gut gemerkt. Und jetzt möchtest du wissen, was an dem Stein dran ist?“

„Ja, und vor allem auch, warum besonders für Ellinor der Verlust so schmerzlich war.“

„Also gut, dann kann’s los gehen. Allerdings hat alles seine Reihenfolge, und so muß ich ein bißchen weiter zurück gehen. Wir sind jetzt nicht in Peru, sondern in Bolivien, viele Jahre vor der Reise nach Colca.“

„Also ein Zeitsprung?“

„Ja, aber rückwärts, in die Gegenwart damals. Unser Vorstellungsvermögen vermag ja, uns jederzeit in jeden früheren Lebensmoment eintauchen zu lassen, der dann für uns Gegenwart ist. Und so ist Gegenwart immer jetzt.“

„Das klingt ja recht philosophisch! Nimmst du uns denn jetzt mit in das, was damals Gegenwart war, als der Stein in euer Leben trat?“

Gern! Aber ich sagte schon, daß alles seine Reihenfolge hat. Und so ist die Vorgeschichte wichtig, daß wir nämlich – aus beruflichen Gründen – bereits vier Jahre in Bolivien leben, in La Paz, der größten Stadt, und daß nur noch ein Jahr bleibt, bevor wir wieder nach Deutschland zurückkehren werden.

Inzwischen haben wir eine spirituelle einheimische Meditationsgruppe kennengelernt (genauer gesagt: Wir wurden auf wundersame Weise zu ihr geführt), und dort fühlen wir uns sehr wohl. Zu den gemeinsamen Erfahrungen gehören auch Ausflüge in die Umgebung von La Paz, um dort unter freiem Himmel die Verbundenheit mit der Natur und dem Leben im Kosmos zu erspüren.

Diese Umgebung ist sehr ungewöhnlich: Canyonartige Schluchten führen in immer größere Höhen, bis weit über 4000 Meter. Und in so einer Schlucht wandern wir, eine Gruppe von 12 Personen, in dem ausgetrockneten Flußbett aufwärts, – links und rechts hoch aufragende Felswände in bizarren Formationen, bis wir nach etwa zwei Stunden mühseligen Steigens zu einer verabredeten Stelle gelangen, um dort unter dem sternenklaren Himmel zu meditieren.

…wandern wir in dem ausgetrockneten Flußbett aufwärts – links und rechts hochaufragende Felswände in bizarren Formationen…

Es ist inzwischen die Dunkelheit hereingebrochen; in den dortigen Breiten geschieht dies nach dem Sonnenuntergang innerhalb einer Viertelstunde. Und dann wird es auch sofort kalt. Wir haben uns auf die starken Temperaturunterschiede zwischen Nachmittag und Abend eingestellt, sind zu Beginn unter der starken tropischen Sonneneinstrahlung nur leicht bekleidet über Stock und Stein aufgestiegen und haben nun eine dicke Jacke übergezogen und verteilen uns im trockenen Flußbett.

Jeder spürt hin, wo er intuitiv seinen richtig anmutenden Platz findet, wobei wir aufpassen müssen, im Dunkeln nicht über große Steine zu stolpern.

Ellinor und ich stehen nahe beieinander, atmen nach der anstrengenden Wanderung tief aus, wissend, nun kommt der Teil des Tages, auf den wir uns den ganzen Tag gefreut haben: vollkommen zur Ruhe zu kommen, zu uns selbst zu finden und in die innere Stille einzutauchen.

Ab und zu schauen wir nach oben zu dem hier in dieser Höhe ganz klaren Sternenhimmel, können die Milchstraße mit unendlich vielen Sternen über uns ganz deutlich wahrnehmen, entdecken auch das markante Sternenbild der Südhalbkugel, das Kreuz des Südens, und dann schließen wir wieder die Augen, um immer mehr zur Ruhe zu kommen, zu einem tiefen inneren Frieden. – Wieviel Zeit verstreicht, ist uns nicht bewußt. Wir überlassen uns ganz diesem Geschehen, dieser inneren Erfahrung. –

Und irgendwann rühren wir uns alle ein bißchen, spüren den richtigen Moment, um wieder in diese Gegenwart zu kommen, hören, wie nach und nach der eine und der andere sich zu bewegen beginnt, vorsichtig die ersten Schritte machend über den Geröllboden – die Augen haben sich an die Dunkelheit gewöhnt –, und so kommt der Moment, in dem wir langsam den Abstieg beginnen, jeder für sich, ganz still.

Und da flüstert Ellinor mir zu: „Warte mal, ich muß mich gerade mal bücken und diesen Stein da aufheben!“ – Sie bückt sich, greift im Dunkeln nach einem bestimmten kleinen Stein, hebt ihn auf und spricht mit gedämpfter Stimme weiter: „Ich muß dir was erzählen! Während des Meditierens sah ich von diesem Stein einen starken, sehr hellen Lichtstrahl zu mir kommen, ja, wirklich, fast armdick war dieser Lichtstrahl! Ich traute meinen Augen nicht, hab immer wieder die Augen geöffnet und diesen Lichtstrahl gesehen. Wie ist das möglich?"

Wir sind zutiefst verwundert über dies rätselhafte Phänomen: ein kleiner Stein, der einen Lichtstrahl sendet, über eine längere Zeit; sie kann dies kaum glauben, fragt sich immer wieder: „Was sehe ich denn da? Geschieht das wirklich?"

Sie reicht ihn auch mir; er fühlt sich an wie ein normaler rauher Stein, oval, etwa 7 cm in Längsrichtung, quer etwa 4 cm. Jetzt sieht sie das Strahlen nicht mehr, doch die Erfahrung ist für sie so authentisch, daß kein Zweifel bleibt: Der Stein birgt ein Geheimnis!

Es ist schon so Manches in unserem Leben geschehen, daß wir auch dies als ein Zeichen sehen, als etwas, das für uns eine tiefere Bedeutung haben wird. Auf jeden Fall ist dies Ereignis, gerade an diesem besonderen Ort, in dieser Höhe, in dieser Dunkelheit unter diesem südlichen Sternenhimmel, während des Meditierens wie ein „Zeichen von oben"; so empfinden wir es.

Und so wandern wir freudig erregt langsam, sehr vorsichtig abwärts, von Stein zu Stein, hören die Geräusche der Schritte der übrigen Gruppenteilnehmer, sind innerlich noch ganz erfüllt von dem Geschehnis der Meditation und nun noch zusätzlich von der Erfahrung mit dem Stein.

So tut uns der lange Abstieg gut, um all dies in uns nachklingen zu lassen. Weiter unten, wo jeder wieder in die „normale" Wirklichkeit zurückkehrt, ins abgestellte Auto steigt und sich auf die Heimfahrt konzentrieren muß, bleibt dennoch in uns dies eben Erlebte vorherrschend, und wir können es kaum abwarten, im Licht der inneren Autobeleuchtung diesen Stein zu betrachten: Ockergrau ist seine Farbe, die Oberfläche porös, daher rauh – ein ganz normaler Stein!

Der Titel dieser Geschichte heißt deswegen auch „Nur ein Stein", um damit anzudeuten, daß man ihm nicht ansieht, was es für eine Bewandtnis mit ihm hat, daß er offensichtlich weit mehr ist als „nur ein Stein".

Am nächsten Tag haben wir nichts Eiligeres zu tun, als unserem Gruppenleiter Luis, einem jungen Bolivianer, und seiner Ehefrau Tatiana diesen Stein zu zeigen. Beide nehmen ihn nacheinander vorsichtig in ihre Hände. Luis ist sehr sensitiv, und so spürt er in diesen Stein hinein und sagt: „Ellinor, der ist nur für dich. Nur du darfst ihn berühren. So will ich jetzt in einer kleinen Zeremonie ihn reinigen von anderen Berührungen, und dann wird er dich immer begleiten, wohin du auch gehst, und eine Aufgabe erfüllen." – Und Tatiana fügt hinzu: „Ich spüre, daß der Stein sehr viel reisen wird!" –

Diese Worte prägen wir uns sehr gut ein. Luis vollzieht die Reinigungszeremonie, auf seine Weise, überreicht dann den Stein Ellinor in dem Sinne: Nun kann sein Wirken beginnen.

Nun seid ihr sicherlich neugierig, inwieweit und in welcher Weise dieser Stein in unserem weiteren Leben eine Rolle spielte. Er hat uns tatsächlich auf vielen, vielen Reisen begleitet, was wir damals, zur Zeit dieses Erlebnisses, nicht ahnen konnten.

Nach der Rückkehr nach Deutschland dachten wir nämlich, unser Aufenthalt in Südamerika sei abgeschlossen, aber auf wundersame Weise ergab es sich, daß wir danach oftmals nach Südamerika eingeladen wurden, um dort in verschiedenen Ländern unser Wissen über Heilen zu vermitteln.

Und was ist mit der Bedeutung des Steins in diesem Zusammenhang? In einer Botschaft aus der geistigen Welt erfuhren wir schon bald nach unserer Rückkehr, daß dieser Stein aus einer bestimmten geistigen Ebene vorbereitet worden war, also gewissermaßen „Kraft von oben" bekommen hatte, die sich in dem Lichtstrahl zeigte, um bei der Erfüllung unserer Aufgabe mitzuwirken.

Ihr werdet nun sicherlich fragen, wie ist das denn zu verstehen, daß auf der Fahrt nach Colca gerade auch dieser Stein gestohlen wurde?

Auch da ist für uns hilfreich, daß wir, wiederum aus der geistigen Welt, als Antwort bekamen: „Der Stein hatte nach vielen Jahren seine Aufgabe erfüllt und konnte nun bei dem Dieb auf dessen positive Lebensführung hinwirken. Und das Geld, das dieser erbeutet hatte, diente dazu, seiner schwerkranken Mutter zu einer Heilbehandlung zu verhelfen."

Merkt ihr, wie alles im Nachhinein seinen Sinn bekommt? Ellinor hatte auch ganz seelenruhig gleich nach dem Bestohlen-Werden gesagt: „Ach, das ist eine unfreiwillige Spende für dieses Land!"

Und noch etwas kommt hinzu: Eine Woche vor der Colca-Fahrt hatte Ellinor im Süden Perus, in der Stadt

Tacna, von einem Gruppenteilnehmer, Christian, einen Stein geschenkt bekommen, wiederum einen kleinen, unscheinbaren, und so wurde uns danach bewußt: Dieser neue Stein ersetzt den alten; es greift alles ineinander, fügt sich zusammen.

Und so können wir nur immer wieder staunen, wie Geschehnisse vorbereitet werden und wir die Zusammenhänge nach und nach verstehen und schließlich den Sinn erkennen dürfen.

Und dabei hat uns dieser Stein, der eben nicht „nur ein Stein" war, geholfen.

7. Eishöhle II

„Das klingt ja nach einem zweiten Versuch; schafft ihr es denn diesmal?"

„Du meinst, den richtigen Weg zu finden? Nun, das möchte ich nicht schon am Anfang der Geschichte verraten. Es soll ja auch für euch ein bißchen spannend sein: wie es los geht, wie es weiter geht und wo es schließlich hinführt... Also, ein bißchen Geduld!"

„Ist es denn diesmal eine völlig andere Richtung?"

„Nein, die erste Strecke ist dieselbe, nämlich rechts den Chacaltaya liegen lassen und links auf den Huaina Potosi zu, den Sechstausender."

„Oh, das war die Geschichte mit dem Stausee und der schwierigen Situation mit Helga, auf dem Rückweg im Dunkeln über den Staudamm zurück..."

„Das hast du dir ja gut gemerkt. Ja, das hat uns viel abverlangt, körperlich und seelisch. Aber wir haben es geschafft."

Aber nun erstmal der Reihe nach: Diesmal ist es Petra, die mit uns den Ausflug zur Eishöhle machen möchte. Und das hat den großen Vorteil, daß sie schon einmal dort war, hingeführt von jemandem, der auch schon mal dort war, der wiederum hingeführt worden war von jemandem, der auch schon mal dort war... und so weiter!

Ja, so ist das, der Weg ist nämlich nicht zu beschreiben (Deswegen hatten wir auch beim ersten Mal mit Helga keinen Erfolg.), es ist unwegsames Gelände, wo man von einem Kundigen hingeführt werden muß.

Und so haben wir nun das Glück, in Petra so jemanden zu haben. Sie spricht ganz begeistert von ihrer Erfahrung, und wir müßten aber bald los, da so eine Eishöhle, also eine Höhle in einem Gletscher, nur eine bestimmte Zeit existiert, da sie einstürzen oder zuschneien kann und dann nicht mehr auffindbar ist. Aber sie sei sich dessen ganz sicher, daß die Höhle zur Zeit noch da ist, und sie hätte sich den Weg dorthin sehr gut gemerkt, wenn es auch ein waghalsiger Weg sei…

Oh, schon wieder ein Abenteuer? Nun gut, wir vertrauen Petra, sie ist Kollegin an der Deutschen Schule in La Paz in Bolivien, wir verstehen uns gut, und das ist für so eine Unternehmung auch eine wichtige Voraussetzung.

So geht es also los (Proviant haben wir dabei), Petra mit ihren zwei kleinen Kindern Julia und Hannes in ihrem Auto, wir in unserem. Der erste Teil der Fahrt ist derselbe wie bei „Eishöhle I", ist uns also vertraut. Wir gelangen bis zu der Stelle, an der wir das letzte Mal Helgas Jeep abgestellt hatten, wo es links zum Stausee geht. (Die Erinnerung daran läßt uns wieder ein bißchen erschaudern, wenn wir an den schwierigen Rückweg im Dunkeln über die schmale Staudamm-Mauer denken.)

Wir stellen die Autos ab. Und nun beginnen wir zu staunen: Petra wendet sich nach rechts, zeigt auf eine hohe Felsformation: „Da geht es lang!" Wir hätten beim ersten Versuch also nur, anstatt nach links, nach rechts zu gehen brauchen!

Doch was wir vor uns sehen, ist nur eine hohe senkrechte Felswand. Und da soll ein Weg entlang führen?

Petra geht zielstrebig darauf zu. Die hochaufragende Wand biegt rechtwinklig nach hinten um, auf einen Höhenzug in der Ferne zu. Der Weg, auf dem wir gekommen sind und wo wir eine Stelle zum Parken gefunden haben, geht geradeaus abwärts in das Tal von Sorata.

Wir sind hier an dieser Stelle in einer Höhe von ca. 4200 Metern. Links ist der Stausee mit dem Staudamm, der vielleicht 200 Meter ins Tal abfällt, rechts die Felsformation, die rechts vom Weg auch mehrere Hundert Meter abfällt und den Rand einer tiefen Schlucht bildet, die sich weit hinunter zieht ins Tal von Sorata.

Wir befinden uns also auf einem Paß. (Ihr merkt, diese Ortsbeschreibung ist gar nicht so einfach. Ich hoffe, ihr könnt dennoch mit gutem Willen mit eurer Vorstellungskraft die landschaftliche Situation vor euch sehen!)

Petra zeigt über die Schlucht hinüber: „Da drüben geht es weiter zur Eishöhle!" – Wir sehen, wie die Landschaft sich weiter ansteigend hinzieht. Dort wird also wohl der Gletscher sich befinden mit seiner Eishöhle, das Ziel unserer Wanderung.

Doch wie sollen wir über die Schlucht hinüber kommen? Vertrauensvoll folgen wir unserer Führerin. Wir sehen, wie ihre beiden Kinder, Julia und Hannes, fröhlich geradeaus laufen. Sie kennen ja auch diesen Weg. Und so staunen wir, wie sie zielstrebig auf den Rand der hohen Felswand zulaufen. Da muß also irgendwo doch ein Pfad am Felsen entlang nach drüben führen.

Und beim Näherkommen können wir nun auch die Auflösung dieses Rätsels erkennen: Geradezu, in der Ebene unseres Weges, ist eine mannshohe Einkerbung zu erkennen, die an dem senkrechten Felsen entlang zur anderen Seite führt: also ein aus der Wand herausgeschlagener Pfad, der gerade hoch und breit genug ist, daß ein Mensch da entlang gehen kann – wenn er schwindelfrei ist, denn links fällt der Felsen ja senkrecht ab, tief hinunter bis zum Boden der Schlucht.

Die Sicherheit, mit der Petra auf diesen schmalen Pfad zusteuert, und die Unbekümmertheit und freudige Erwartung ihrer beiden Kinder lassen in uns gar keine Bedenken aufkommen, inwieweit dies ein waghalsiges Unterfangen sein könnte, auf diesem schmalen Steig, unter dem überhängenden Felsen entlang zu gehen.

So betreten wir vorsichtig hinter den Dreien diesen Gebirgspfad, links der Abgrund, rechts können wir uns am rauhen Felsen etwas abstützen. Und da sehen wir auch, warum dieser Pfad überhaupt so mühselig aus der Felswand herausgeschlagen war: Dies ist nicht für wagemutige Wanderer geschehen; dies ist auch kein Wanderweg, sondern eine Wasserleitung!

Und da erkennen wir den Zusammenhang: Vom Stausee führt ein kleiner Graben wohl unter dem Fahrweg hindurch, kommt dann hier zum Vorschein, und das Wasser fließt dann in einem gleichmäßigen Neigungswinkel, also fast waagerecht, an den Felsen entlang, der dafür eingekerbt werden mußte. Der Wassergraben mit einer Tiefe von vielleicht einem halben Meter hat als linke

Begrenzung eine Betoneinfassung von ca. 40 cm Breite. Und dieser schmale Rand ist nun unser Pfad, der nach drüben führt, wo dort irgendwo die Eishöhle auf uns wartet.

Wir nehmen erst einmal das, was nun vor uns liegt, in Augenschein: Den kleinen Kanal können wir verfolgen, wie er am Felsen entlang verläuft und drüben sich im Gelände verliert, um dann in gleichmäßiger leichter Neigung ins Tal hinunter zu führen und dort den Ort Sorata mit Wasser zu versorgen.

Wir sind also Nutznießer dieser Wasser-Versorgungs-Konstruktion, indem dies nun zu unserem Wanderweg wird.

Petra, Julia und Hannes sind schon vorausgegangen, die beiden Kinder sogar hüpfend und rennend, was wir nicht ohne ein Erschrecken wahrnehmen können, denn dieser Betonrand des Wasserlaufs ist wirklich so schmal, daß wir Beide uns ein Herz fassen müssen angesichts des tiefen Abgrunds links. Nur nicht runterschauen!

Wir fassen uns, sind wir doch genauso wie die Drei vor uns voller Vorfreude auf das Erlebnis in der Eishöhle. So fallen uns die nächsten Schritte nicht schwer, und es herrscht ein waches Beobachten, eine große Achtsamkeit vor, um heil hinüberzugelangen.

Daß nicht allen Wanderern vor uns dies gelungen ist, müssen wir an einer Wegbiegung erfahren: Dort steht ein Gedenkstein mit einer hebräischen Inschrift und deren spanischer Übersetzung.

Petra ist da auch stehen geblieben und kann uns erklären, was das bedeutet: Zwei jugendliche Israeliten wollten als Extremsportler mit ihren Motorrädern auf diesem schmalen Rand ihren Wagemut beweisen, einer ist dabei abgestürzt.

Wir spüren, wie ein beklemmendes Gefühl an dem Ort dieses dramatischen Geschehens in uns aufsteigt. Wir fragen uns, wie jemand in so leichtfertiger Weise sein Leben aufs Spiel setzen konnte. Und was bedeutete dies tragische Unglück dem nicht abgestürzten Kameraden? Inwieweit hat dies sein Leben verändert?

So verweilen wir einige Augenblicke mit Gedanken über Leben und Tod an dieser Stelle, müssen uns dann wieder aufraffen, um in der Gegenwart zu sein und Schritt für Schritt vorwärtszugehen. Es sind noch einige hundert Meter bis zur anderen Seite. Die beiden Kinder sind dort schon angekommen und lenken ihre munteren Schritte jetzt in Richtung des ansteigenden Geländes. Sie haben wohl ein gutes Ortsgedächtnis, nachdem sie schon einmal hier gewesen waren.

Wir gelangen nun ebenfalls sicheren Fußes auf das Gelände oberhalb der Schlucht. Ein Pfad ist nicht zu erkennen. Petra geht zielstrebig voran. Es geht über Flächen getrockneten Grases, an Felsen vorbei, auch mal über zugefrorene Wassertümpel (wir sind ja hier in einer Höhe von über 4000 Metern, und da ist es auch recht kalt). Unser Blick schweift am Steilhang vor uns nach oben: Wann wird der Gletscher sich zeigen?

Unsere Geduld wird bald belohnt mit dem Schimmer einer weißen Fläche weiter oben, als die Sonne durch die dichten Wolken hindurchbricht und den

Gletscher aufleuchten läßt. Der letzte Anstieg kostet uns keine Mühe; so nah vor dem ersehnten Ziel spüren wir, wie die Vorfreude uns Kraft schenkt.

Und da ist der Eingang: eine ovale Öffnung in dem Gletscherrand, groß genug, daß wir leicht gebückt hineingehen können. Was uns darin erwartet, haben wir ja nur erahnen können. Tropfsteinhöhlen kennen wir aus anderen Reisen, doch hier nun mitten im Eis?

Im Inneren weitet sich der Raum. Wir bleiben nach den ersten Schritten stehen, um einfach nur wahrzunehmen, – wahrzunehmen, wie es ist, ringsum von bläulich schimmerndem Eis umgeben zu sein. Es ist auch gar nicht so dunkel hierin; es gibt wohl weiter oben einen weiteren Zugang, der Licht hereinfallen läßt.

So können wir uns nicht satt sehen an den vielfältigen hellen Blautönen, an den Formen, die das heruntertropfende Wasser geschaffen hat, Formen, die sich von einer Tropfsteinhöhle sehr unterscheiden: Gläserne Säulen können wir entdecken, hauchdünne von der Decke hängende glasähnliche Gebilde, wie gefrorene Wasserscheiben, die uns wie Engelsflügel vorkommen; selbst die wellig geformten Wände sind leicht durchscheinend und verlocken uns dazu, mit unserem Blick eindringen zu wollen, durch gläserne Schichten hindurch in die Tiefe des Eises hinein.

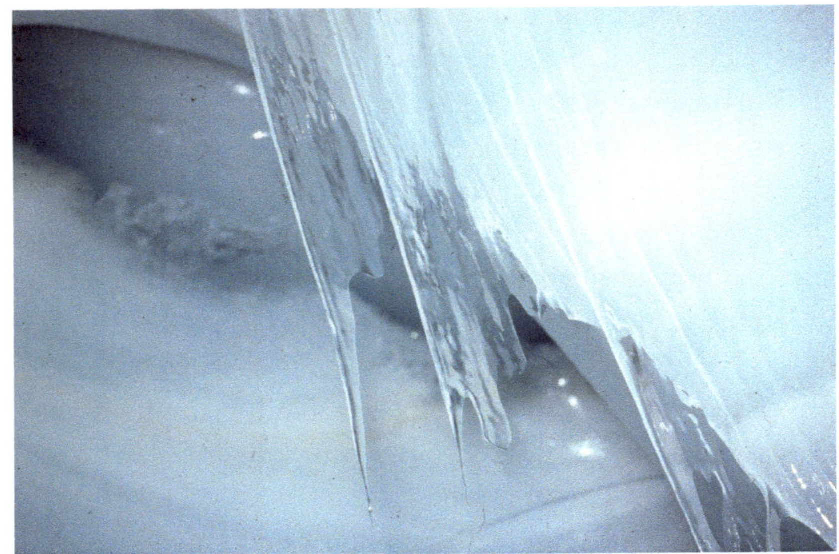

...hauchdünne von der Decke hängende glasähnliche Gebilde wie Engelsflügel...

Der Boden ist sehr steinig und an vielen Stellen überzogen von einer Eisschicht. Julia und Hannes kommen uns auf dem Hosenboden rutschend von oben entgegen. Sie haben ihren Spaß, laufen nach dem Runterrutschen unten nach draußen und außen herum durch den oberen Eingang wieder herein, und das Spiel beginnt von Neuem. So können wir gut verstehen, warum sie sich so sehr auf diesen Ausflug gefreut haben.

Petra schaut wie wir in andächtigem Staunen sich in der Höhle um, weist uns auf manche besonders bizarren Eisformationen hin, die wie gläserne Vorhänge wirken, alles in dem zarten bläulich-weißen Farbton.

Blau ist unsere Lieblingsfarbe; so schwelgen wir in diesen vielfältigen Farbnuancen, schauen hierhin, schauen dorthin, gehen ein paar Schritte und bemühen uns, diese ungewöhnliche Umgebung optisch zu erfassen.

Nach einer Biegung bleiben wir überrascht stehen: Wir sehen einen in die Eiswand eingefügten Plexiglaskasten, etwa 40 cm hoch und 30 cm breit, und darin steht eine Madonna! Wir sind berührt von der Frömmigkeit, die in dieser Darstellung der Mutter Maria zum Ausdruck kommt und fragen uns, warum gerade dieser Ort dafür ausgesucht wurde und welche Beziehung zur Natur, zum Gletscher, zum Berg darin zum Ausdruck kommt.

Wir werden immer wieder in unseren Betrachtungen von dem fröhlichen Juchzen der Kinder unterbrochen, die auf dem glatten Eisboden an uns nach unten vorbeirutschen.

So ist dies ein in vielen Aspekten freudiges Erlebnis, das sich einreiht in viele weitere ungewöhnliche Erfahrungen. Doch dies hat seinen besonderen Stellenwert: In über 4000 Meter Höhe, in einsamster Gegend, wir ganz allein als kleine Menschengruppe, nach dieser herausfordernden Wanderung nun im Inneren eines Gletschers – wir wissen dies sehr zu würdigen und lassen all diese Eindrücke sich tief in unserem Gedächtnis verankern, als Beispiel der Vielfalt der Natur auf diesem Planeten.

Der Rückweg kommt uns sehr vertraut vor; auf dem Hinweg haben wir ja alles intensiv erlebt, nun können wir gelassen und in Ruhe die Schritte auf diesem Weg Richtung abgestelltem Auto lenken.

Und so bleibt nicht mehr viel zu erzählen. Es geht alles seinen Gang, die Rückfahrt wieder nach unten nach La Paz, wir lassen den Huaina Potosi und den Chacaltaya hinter uns zurück, nochmal ein Blick in die Richtung, wo wir unsere Eishöhle wissen…

Und dann tauchen wir ein in das Stadtgewühl von La Paz.

Teil 2

8 ~ 14

8. Röm

„Hast du nicht die Tüttelchen über dem ‚o‘ zuviel gesetzt?“

„Nein, das ist schon richtig so, denn es geht nicht nach Italien.“

„Wohin denn?“

„Ja, da müßt ihr schon ein bißchen weiter nördlich suchen, wo dieser Name hingehört, – nämlich von Nordfriesland aus über die dänische Grenze rüber zur ersten dänischen Insel, nördlich von Sylt, denn die heißt Röm.“

„Was hat eure Geschichte damit zu tun?“

„Nun, schön der Reihe nach. Also, diese Insel in der Nordsee ist bei uns hier im Norden sehr beliebt, weil man direkt mit dem Auto bis auf den Strand fahren kann. Nach Sylt geht das ja nur mit der Bahn über den Hindenburgdamm. Röm hat auch einen Damm, zehn Kilometer lang, mitten durchs Wattenmeer, bei Flut also links und rechts die Weite der Nordsee, bei Ebbe umgeben von bläulich-grauem Schlick, dann geht’s quer über die Insel durch Heidelandschaft bis schließlich an die offene See im Westen. Könnten wir sehr weit schauen, würden wir auf Schottland treffen.“

„Kannst du denn nun nach diesem Erdkunde-Unterricht zur Sache kommen, warum wir nämlich euch in Gedanken bis dahin begleiten sollen?“

„Also, die Geschichte (eine sehr kurze Begebenheit, zuviel dürft ihr nicht erwarten) spielt im Sommer, im Juli,

Sommerferien, und wir Beide, Ellinor und ich, genießen die Wärme, die leichte Brise, die von der See kommt, und wie viele weitere Badegäste haben wir uns abseits von den parkenden Autos nach einem Spaziergang barfuß über den sehr breiten Strand – unter den Füßen spüren wir das leichte Piksen vieler Muschelschalen, über die wir laufen müssen – haben wir uns einen Platz nahe am Wasser gesucht, vorher begutachtend, wie weit die Flut (es ist auflaufendes Wasser) wohl kommen wird.

Wir richten uns gemütlich in einer Sandkuhle mit Wolldecke und Sonnenschirm ein. In gebührendem Abstand sind weitere, vorwiegend deutsche, Familien in ihrem Bereich am Genießen dieser Umgebung, des schönen Wetters (es kann auch sehr unwirtlich auf Röm sein, mit Kälte, Wind und Regen), und so breitet sich in uns ein wohliges Gefühl von Ferienstimmung aus.“

„Wir können wohl ganz gut mitfühlen, wie ihr es euch da gutgehen laßt, warten aber natürlich darauf, daß irgend etwas passiert!“

Nun, ich sagte ja schon, daß ihr nicht zu viel erwarten dürft, da es nur eine kurze Begebenheit ist, die aber dennoch vieles in sich birgt, was uns sehr überrascht und erstaunen läßt über geistige Fügungen, die etwas Einmaliges, Nicht-Wiederholbares für uns bedeuten.

Und damit ihr das in seiner Tiefe besser ermessen könnt, muß ich etwas vorausschicken. In diesem selben Monat, Anfang Juli, vor etwa zwei Wochen, hat Ellinor eine geistige Botschaft empfangen (sie ist schon längere Zeit in Kontakt mit lichten Wesen) und zwar zum ersten Mal von einem geistigen Wesen, das sich mit dem Namen „Emanuel" vorstellte.

So, und nun also wieder an den Strand von Röm: Es kommt mit einem Mal ein kleiner Junge, etwa neun Jahre alt, auf uns zu, schaut uns freundlich, ja strahlend an, gibt einem jeden von uns die Hand und sagt: „Ich heiße Emanuel!" –

Einfach so, gibt uns die Hand und sagt diesen Namen! Niemals vorher oder später hat da am Strand irgendein fremdes Kind uns jemals die Hand gegeben und dann noch seinen Namen genannt, und dann auch noch diesen, der für einen deutschen Jungen wohl recht selten ist. Er dreht sich dann ganz ruhig um und geht zu seinen Eltern zurück.

Wir bleiben wie gebannt stehen, spüren, wie die Bedeutung dieses Vorgangs in ihrer ganzen Tiefe uns innerlich überwältigt: Dieser kleine Junge erscheint uns wie ein Bote, wie nicht von dieser Welt, der uns, und vor allem Ellinor, die ja in den Kontakt mit Emanuel in der geistigen Welt vor Kurzem gekommen ist, der uns auf diese wundersame, kaum zu glaubende Art und Weise die Bestätigung übermittelt: Ja, Ellinors Kontakt mit Emanuel ist etwas Wirkliches, er ist es tatsächlich, dieser Emanuel, der von den geistigen Ebenen aus für uns ein Lehrer der Neuen Zeit sein möchte, uns anleiten möchte über Botschaften, um uns vorzubereiten für all das, was auf unserem Entwicklungsweg an Wandlungen, an Aufgaben zu uns kommen wird. –

Wir wissen: Diesen Tag werden wir nie vergessen; dieses Erlebnis prägt sich in uns ein als eine weitere Fügung, als eine Bestärkung in der Gewißheit: Wir sind eingebunden in viel größere Zusammenhänge, als wir in unserem Alltagsleben ahnen können.

Und daß wir dann tief gerührt, beglückt und dankbar für dieses Zeichen nach Hause zurückkehren, könnt ihr euch sicherlich vorstellen, ein Zeichen, das tatsächlich als Wirklichkeit auf dieser dänischen Insel Röm uns geschenkt wurde.

9. LA MANÁ

„Wenn wir hier geradeaus weiterfahren würden, kämen wir nach LA MANÁ. Aber jetzt biegen wir rechts ab!" – Wer dies sagt, ist unser langjähriger Freund Fernando. Wir sind in Ecuador in Südamerika, auf der Fahrt von Ambato in dem Gebirgszug der Anden zu einem Kratersee, mit dem schönen Namen „Quilotoa" („Qu" wird im Spanischen wie das deutsche „K" ausgesprochen).

Dieser Hinweis auf ein weiteres Ziel bleibt bei uns haften, als etwas, was in uns eine Sehnsucht bestärkt, denn das Wort „LA MANÁ" haben wir hier in Ecuador schon mal gehört, von unseren Freunden Tamara und Christoph in Quito.

Sie sprachen dies so bedeutungsvoll aus und ließen mit ihren Beschreibungen in uns den Eindruck entstehen, dies müsse ein Ort – oder Bereich – oder eine Landschaft mit einer sehr hohen Schwingung sein. Sie selbst hätten dort sich eine Hütte gebaut, und vielleicht könnten wir sie dort ja mal besuchen. So war schon ein Samen in uns gelegt, eine Erwartung, daß dieses „LA MANÁ" in unserem Leben eine Rolle spielen würde.

Wir wissen, es gilt, auf Zeichen und Hinweise zu achten auf diesen Reisen und die Verwirklichung heranreifen zu lassen, behutsam, ohne konkrete Erwartungen.

Und nun sind wir mit Fernando an dieser Weggabelung, wo er rechts abbiegen wird, um zu dem Kratersee als heutigen Tagesausflug zu gelangen. Er ahnt wahrscheinlich nicht, was er mit der Bemerkung „Geradeaus geht's nach LA MANÁ" in uns ausgelöst hat, eine weitere Bestärkung des Wunsches, einmal zu dieser mystischen Gegend zu gelangen.

Wir biegen also rechts ab, und ich hoffe, ihr seid nicht enttäuscht, wenn ich den folgenden Verlauf dieses Tagesausflugs nicht weiter erzähle. Denn der Kratersee ist wohl beeindruckend (sehr tief, sehr dunkelblau, fast unheimlich), aber die Überschrift dieser Geschichte heißt ja „LA MANÁ", und so geht es darum zu erzählen, wie nun tatsächlich die Fahrt dorthin sich verwirklichen sollte.

Nach einigen Jahren sind wir wieder in Ecuador, zu Besuch bei Fernando und seiner Frau Inés in Ambato. Er liebt es, Fahrten zu planen, sich Routen auszudenken mit besonderen Zielen, und zu unserer großen Überraschung und Freude (über „LA MANÁ" haben wir nie mit ihm gesprochen) eröffnet er uns diesmal: „Morgen fahren wir nach LA MANÁ!"

...der Kratersee da unten – sehr tief, sehr dunkelblau, fast unheimlich...

Er gibt sich gern geheimnisvoll, und so deutet er nur an, daß es dort einen besonderen Bereich gibt, eine Quelle mit sehr hochschwingendem Heilwasser, mitten in einem Urwaldgebiet gelegen.

Eine schönere Ankündigung kann er uns nicht machen, sind wir doch gerade in Ecuador dem Element Wasser öfter begegnet, in Form von eindrucksvollen Wasserfällen mitten im Urwald, und nun also eine Heilquelle! Wir spüren in uns, wie in unseren Gefühlen sich schon etwas Schönes, uns sehr Erfüllendes ausbreitet, erahnend, daß diese Fahrt in unseren Lebenserfahrungen einen besonderen Stellenwert einnehmen wird.

Nun zu den Reisevorbereitungen: Es wird eine sehr weite Fahrt sein, vom Gebirge bis hinunter ins Tiefland. Wir müßten deswegen schon nachts um drei Uhr aufstehen und würden auch erst gegen Mitternacht wieder zurück sein. So gilt es, die kulinarische Versorgung gut zu planen. Inés freut sich sehr darauf, uns alle gut versorgen zu können, und bereitet mit viel Liebe und Umsicht die Verpflegung für uns alle vor.

„Uns alle“ – das sind insgesamt sieben Personen, denn diese Ausflüge sind immer ein Ereignis für die ganze Familie: Inés, Fernando, der ältere Sohn Santi mit seiner Frau María-Belén, der jüngere Sohn David und wir Beide.

Und in welches Gefährt passen so viele? Auf früheren Ausflügen haben wir dies schon kennengelernt: Fernando hat vor vielen Jahren – als erster in Ecuador, niemand sonst kannte schon so etwas – nach eigenen Entwürfen einen Wohnwagen speziell anfertigen lassen, mit pfiffigen Ideen für den Innenausbau, hochklappbarem Tisch für acht Personen, kuscheligen Schlafplätzen in zwei Etagen, Kochgelegenheit, Vorratsschrank, – alles sehr praktisch, mit genialen Ideen in Bezug auf Verstauen, Hinräumen, Wegräumen. Wir waren immer fasziniert gewesen, wie alles klappte.

Und dies Gefährt ist nun unser Domizil auf dieser langen Reise nach LA MANÁ. Eine kuriose Begebenheit möchte ich aber doch noch weitergeben, die Fernando mit einem Schmunzeln immer wieder gerne erzählt: Da dieser Wohnwagen – er nannte ihn „Camper" – in Ecuador (kaum zu glauben, aber wahr!) ein Unikum war, als einziges so gestaltetes Automobil, wurden sie auf einer früheren Fahrt einmal von einer Polizeikontrolle in offener Landschaft angehalten und streng überprüft, „was das denn sei, und was da transportiert würde?", worauf Fernando antwortete: „Kinder!"

Das Erstaunen der Polizisten war groß, als die Tür hinten geöffnet wurde und tatsächlich im Inneren dieses verdächtigen Gefährts Kinder sich befanden und freudig strahlend die Kontrolleure anlachten. –

Uns gefiel diese Geschichte, waren wir doch selbst schon einige Male mit Fernando in Ecuador unterwegs gewesen und wußten die Gemütlichkeit und Geborgenheit darin zu schätzen, während Fernando vorn sitzend stolz mit seinem „Camper" die Schönheiten Ecuadors uns „erfahren" ließ.

Nun kann also die Fahrt beginnen. Wie schon angedeutet, geht es bald nach Mitternacht los. Inés sitzt vorn neben Fernando, wir übrigen verteilen uns im Inneren, wir Beide dürfen auf der oberen Etage es uns gemütlich machen. Es ist zu dieser Nachtzeit noch recht kalt; so sind wir froh über die vielen Decken, unter die wir uns kuscheln können.

Es ist erst einmal einige Stunden draußen wegen der Dunkelheit nichts zu sehen. Und wir wissen: In Ecuador als dem Land direkt an der Äquatorlinie gibt es zwischen Tages- und Nachtlänge während des Jahresverlaufs kaum Unterschiede, daher wird es erst gegen sechs Uhr hell werden. So nutzen wir die kommenden Stunden zum Schlafen; die Motorgeräusche und das Rattern dieses großen Wagens auf den holperigen Pisten stören uns nicht.

Ellinor ist als erste wach: „Guck mal, der Vulkan!" – Es dämmert, und so schauen wir gebannt durch die schmalen Fensterchen, auf dem Bauch liegend, nach draußen, auf bewaldete, grüne Täler, und tatsächlich erblicken wir in der ersten Morgensonne den Chimborazo, einen der markantesten Vulkane Ecuadors, am Horizont, schneebedeckt, noch ganz klein, weit weg.

Doch wir haben das Glück, daß die Route an diesem Vulkan vorbeiführt. So können wir miterleben, wie er für unsere Augen immer größer wird. In der Ferne tauchen weitere Vulkane auf. Die Fahrt ist durch die vielen Eindrücke der sich wandelnden Landschaften für uns sehr abwechslungsreich.

Spannend ist auch manchmal die Strecke selbst, die Beschaffenheit der Piste, steinig, schlammig, tief-sandig; an mancher Baustelle muß Fernando den Wagen weit nach außen bis an den Rand des Weges steuern. Angst darf man dabei nicht haben.

Die Wegstrecke führt uns über viele Serpentinen, mit Haarnadelkurven, immer tiefer. Wir kommen ja aus den Bergen, so ist ein großer Höhenunterschied bis zum Tiefland zu überwinden.

Weiter unten ändert sich die Landschaft: Flache Hügel mit Bananenplantagen erstrecken sich bis zum Horizont, dann wieder dichte tropische Waldgebiete, es ist wärmer geworden, würziger Duft strömt zu uns. Wir haben inzwischen vorn neben Fernando Platz genommen und freuen uns, mit ihm zusammen diese Fahrt zu erleben.

Inés bereitet währenddessen im Inneren als liebevolle Betreuerin das Frühstück vor. Eine Pause ist allen sehr willkommen, nicht nur wegen des Hungers, sondern auch, um an frischer Luft sich „die Beine zu vertreten". Die Sonne ist inzwischen schon sehr hochgestiegen. Das geht hier recht schnell, wird sie doch am Mittag im Zenith fast senkrecht über uns stehen.

Das als „Großfamilie" (wir zählen uns dazu) genossene Frühstück (vorbereitete vegetarische Brote, tropische Früchte, Avocados, Kräutertee) darf sich zeitlich ausdehnen, zum Sich-Freuen an dem Blick in die Landschaft, zum Spüren der Gemeinschaft, zum Genießen des köstlichen Bio-Frühstücks.

Fernando ist immer darauf bedacht, daß der zeitliche Verlauf der Tagesgeschehnisse in aller Ruhe erfolgen kann. So ist dies Zusammensein für uns etwas Beglückendes, vor allem, weil wir uns vollkommen mit einbezogen fühlen können.

Die weitere Fahrt läßt uns ahnen, daß wir uns wohl dem Ziel nähern. Die Luft wird immer dichter, würziger, im Unterschied zu der dünnen Luft oben in den Bergen. Wir tauchen in weit gedehnte Bananenplantagen ein. Schmale Sandwege schlängeln sich zwischen den Stauden dahin. Woher Fernando den Weg weiß, ist mir unerklärlich. So viele Abzweigungen gibt es hier. Aber er war schon einmal dort, und ein gutes Orientierungsvermögen ist in so einem Land eine Grundvoraussetzung.

Und wir gelangen tatsächlich, nach den Plantagen, in dichteres Waldgebiet, wo ein hoher Maschendrahtzaun beginnt und Fernando stolz erklärt: „Wir sind da!" Allerdings geht es an dem Zaun noch einige Kilometer entlang. Fernando erklärt uns, daß diese Einzäunung das Gebiet der Heilquelle schützt.

Was mit „Schutz" gemeint ist, erleben wir, als wir an einem großen, hohen vergitterten Eingangstor ankommen, wo ein mit Maschinengewehr bewaffneter Wachposten uns erst einmal überprüfen möchte und uns fragt, was wir hier denn wollten.

Das ist nicht der Empfang, den wir erwartet haben. Fernando hatte uns den Eindruck vermittelt, daß wir natürlich ganz selbstverständlich auf das Gelände gelangen könnten und dort willkommen seien. Er bleibt auch ganz ruhig. So vertrauen wir darauf, er würde die richtigen Worte finden, um eingelassen zu werden. Uns überrascht aber diese strenge Vorsichtsmaßnahme, und auch der hohe

Zaun ließ uns schon erahnen, daß dies ein sehr bedeutsames Gelände sein müsse, das eine so martialische Bewachung bräuchte.

Und dann findet Fernando offensichtlich die richtigen Worte: „Wir sind Freunde von Jorge Carvajal." – Dies wirkt wie ein Zauberwort, denn der Wächter verändert seine Mimik, schaut uns jetzt erst bewußt, fast freundlich an, keine Abwehrhaltung ist mehr erkennbar; er bittet uns, ihm unsere Pässe auszuhändigen, was wir als Zeichen sehen, daß er wohl nun, seinen Anweisungen entsprechend, den nötigen Schritt unternehmen wird, um bei seinen Vorgesetzten – wer auch immer das sein mag – die Einlaß-Befugnis zu erhalten.

Wenn auch mit einer leichten Beklemmung (bei uns Beiden jedenfalls) trennen wir uns von unseren Pässen, reichen sie durchs Gitter, zusammen mit Fernando und seiner Familie, und der Wächter schreitet über einen weiten sandigen Platz hin zu einem großen Gebäude links, halbversteckt im Urwald liegend.

Wir warten geduldig und gleichzeitig gespannt auf seine Rückkehr. – Diese Zeit des Wartens möchte ich nutzen, um das zu schildern, was mit unseren Gefühlen geschieht, als Fernando den Namen „Jorge Carvajal" nennt. Wir schauen uns nämlich überrascht an: Wir kennen ihn!

Er war schon zweimal bei uns in Deutschland zu Besuch, um als kolumbianischer Arzt für komplementäre Heilmethoden Seminare zu geben. In Madrid leitet er eine Klinik für ganzheitliche Medizin; wir fühlen uns in

Resonanz mit seinem Verständnis von Gesundheit und Heilen und sind auch persönlich mit ihm herzlich verbunden.

Und was hat dies nun mit LA MANÁ zu tun? Fernando erläutert uns während des Wartens auf die Rückkehr des Wächters die Zusammenhänge: Für Jorge Carvajal ist auch das Thema „Wasser" sehr wichtig im Sinne eines wesentlichen Teils der Gesunderhaltung des Menschen, und da das Wasser von LA MANÁ von Natur aus hoch energetisiert ist und sowohl Gold als auch Silber enthält, holt sich Jorge Carvajal ab und zu von hier das Wasser für seine Heilbehandlungen, nimmt also die weite Reise von Madrid bis hier in diese entlegene Gegend in Ecuador auf sich.

Und eine weitere Erinnerung läßt uns in diesem Augenblick zusätzlich erstaunen, die auf wundersame Weise Ereignisse miteinander verknüpft: Kurz vor dieser Reise – als wir noch nicht ahnen konnten, wie wir mit LA MANÁ in Berührung kommen sollten – hatten wir von unserem Sohn Gerrit, der in Spanien lebt, als er uns in Deutschland besuchte, ein kleines Fläschchen überreicht bekommen: Eine Stamm-Essenz des von Jorge Carvajal in Madrid verwendeten heilkräftigen Wassers. Und nun wissen wir, woher dieses Wasser kommt: aus LA MANÁ!

Wir hatten also dieses Wasser als kostbare Gabe durch unseren Sohn vor dieser Reise in unsere Hände bekommen und waren dadurch schon mit der Schwingung dieses Wassers in Berührung gekommen! Sollte diese Schwingung uns den Weg weisen bis zu ihrem Ursprung?

Diese Gedanken erfüllen uns mit Staunen über all diese Fügungen. Und es kommt noch eine weitere Überraschung hinzu: Fernando erzählt nämlich auch – während wir weiterhin warten –, daß nicht nur Jorge Carvajal von hierher sein Heilwasser holt, sondern auch – und nun dürft ihr mit uns ein weiteres Mal staunen! – sondern auch Masaru Emoto, der Japaner, der mit energetisiertem Wasser in Versuchsserien den Einfluß der Schwingungen von bestimmten Worten und auch bestimmter Musik auf die Schwingung von Wasser photographisch nachweisen konnte.

Die Ergebnisse, sichtbar in Form klarer sechseckiger Kristallstrukturen, hat er in seinem Buch „Die Botschaft des Wassers" allen vor Augen geführt. Und dieses Buch kannten wir schon seit langem, waren fasziniert von dem sichtbaren Beweis der Auswirkungen von Worten auf das dafür empfängliche Element Wasser.

Und nun stehen wir an dieser Stelle, wo sowohl Masaru Emoto als auch Jorge Carvajal gewesen sind. Uns werden in diesem Moment die Energielinien bewußt, die unabhängig von irdischen Entfernungen Menschen miteinander verbinden: Masaru Emoto in Japan, Jorge Carvajal in Spanien und dessen Essenz in unseren Händen in Deutschland vor dieser Reise – alles ist miteinander verknüpft, wirkt zusammen.

Diese unsere Gedanken, verbunden mit einem tiefen Empfinden des Glücks über so viel Führung, werden unterbrochen, als von dem großen Gebäude links drei Personen sich uns nähern: der uns wohlbekannte

Wachposten, ein mittelgroßer Herr und eine freundliche junge Frau. Dies ist nun die Begrüßung, die alles Bangen vergessen läßt. Wir werden aufs Herzlichste willkommen geheißen.

Das Tor öffnet sich, wir sind als Gäste nun in der Obhut dieses Ortes und werden in die verschiedenen Bereiche dieses Anwesens eingeweiht: Zuerst möchten wir natürlich, vorbei an großen Hallen mit den Wasser-Abfüllanlagen, zur Quelle selbst. Noch war die innere Vorstellung davon sehr vage gewesen, nun nähern wir uns auf schmalem Wiesenpfad unter hohen Bäumen dem „Ursprung".

Der Wachposten begleitet uns, zusammen mit den zwei anderen (als Empfangsdelegation), und wir spüren nun in ihm eine andere Gegenwart, nicht die abwehrende wie zu Beginn, sondern eine uns betreuende, ja, schützende. Er kommt auch mit bis zur Quelle, wo das Wasser in einem starken Strahl ununterbrochen Mutter Erde verläßt, um den Menschen heilende Energien zuzuleiten. In dicken Rohren wird das Wasser abgeleitet und über zwei, drei Kilometer zu den Abfüllanlagen geführt.

An dieser Stelle, dem Ziel dieser Reise, werden wir alle (Inés, Fernando, Santi mit María-Belén, David, die drei Personen des Geländes zusammen mit weiteren anderen und wir zwei) still, stehend, jeder für sich, oder auf der Erde sitzend, die Augen schließend und innerlich wahrnehmend, was an Schwingung von diesem Kraftort ausgeht.

Ein tiefes Gefühl der Verbundenheit mit Mutter Erde, der Pachamama, wie sie in Südamerika genannt wird, erfüllt uns, und die Bedeutung des Elements Wasser für unsere Erde und die Menschheit wird uns zutiefst bewußt. Wir erfahren in diesem Moment vollkommene Harmonie: Harmonie, die uns Menschen mit der Natur vereint.

Neben mir steht der Wachposten (mit Maschinengewehr). Ich bin beeindruckt, wie innig, in sich versunken auch er mit geschlossenen Augen an diesem geistigen Geschehen teilnimmt.

Der weitere Verlauf des Dort-Seins ist geprägt von herzlicher Gastfreundschaft: Wir werden von dem leitenden Ingenieur durch die Anlagen geführt (das Wasser wird in verschiedene Länder Südamerikas geliefert), staunen über die perfekte Organisation der verschiedenen Abläufe von dem Einströmen des Quellwassers bis hin zu den hochgestapelten Flaschenkästen, lernen die vielen Angestellten kennen, die alle mit natürlicher Freundlichkeit uns begrüßen.

Wir werden dann sogar zum Mittagessen eingeladen; an gedecktem Tisch sitzen wir als große Familie zusammen und genießen die vegane Gemüsesuppe, alles zubereitet natürlich mit dem Wasser von LA MANÁ, und dazu trinken wir aus kostbaren Gläsern dies heilsame Wasser, Schluck für Schluck hinspürend, wie wohl es uns tut. Wir fühlen uns hier eingehüllt in eine sehr harmonische Atmosphäre.

Um auch zuhause in Deutschland uns weiterhin in dieser Verbindung zu fühlen, nehmen wir einige der für uns so kostbaren Wasserflaschen mit.

Beim Abschied am späten Nachmittag umarmen wir uns alle, fühlen die innere Verbundenheit mit diesem Ort und seinen Menschen. Der Leiter hat uns beim gemeinsamen Essen gesagt, daß jeder hier auf dem geistigen Weg ist, und wir spüren auch an diesem besonderen Ort den spirituellen Hintergrund, der sicherlich auch von der Schwingung des LA MANÁ-Wassers geprägt wird. –

Fragt ihr, was aus den Pässen wurde? Am Tor bekommen wir sie wieder; wir sind ja auch bis dahin in der Obhut dieses Ortes gewesen und werden nun in „die Welt draußen" entlassen. Der Abschied ist fast wehmütig.

Die Rückfahrt verläuft in aller Ruhe, die Strecke ist auch weniger anstrengend, Fernando hat eine zwar weitere, aber nicht so wagemutige Route wie auf der Hinfahrt gewählt, unten an der Küste des Pazifiks entlang und dann in weitem Bogen nur langsam steigend wieder hoch in die heimatlichen Berge.

Die Stunden nach Sonnenuntergang verschlafen wir wieder in unserer Kuschelecke innen oben im Camper. Und es wird tatsächlich Mitternacht, als wir das gastliche Haus von Inés und Fernando in Ambato erreichen.

Danke, Inés und Fernando, für diese wundervollen uns berührenden Erfahrungen!

10. Johanna

„Ihr kommt im nächsten Jahr zu mir!" – Wer dies sagt, ist Fabiola. Sie sagt dies mit fester, energischer Stimme, steht da vor uns, inmitten des Abschiedsgewühls am Ende eines Seminars in Catamarca, im Norden Argentiniens. Viele wollen sich mit einer Umarmung und lieben Worten von uns verabschieden. Doch Fabiola ist besonders beharrlich, so, als ob sie genau wüßte, warum sie uns einladen wollte, – besser gesagt: müßte.

„Wo wohnst du denn?" fragen wir. „In Retiro, weiter nördlich, Richtung Bolivien." – Diesen Ortsnamen hören wir zum ersten Mal. Er klingt gut für uns, bedeutet er doch in der Übersetzung aus dem Spanischen „Rückzugsort", also ein Ort, wo man zur Ruhe kommt, sich ausruhen kann. Doch noch sind wir in Catamarca, wo wir schon einige Male waren.

Diesmal ist hier der Abschluß der diesjährigen Argentinien-Reise. Wie es dann im nächsten Jahr weitergehen wird, das lassen wir auf uns zukommen, je nachdem, wer uns wohin einlädt. Es ist schön zu erleben, wie sich alles immer wieder von Neuem ergibt.

Und so ist auch diese „Aufforderung" von Fabiola für uns wieder so ein Hinweis, ein Zeichen, bei einer nächsten Reise vielleicht auch den Ort Retiro mit einzubeziehen. Diese kleine energische Frau vor uns beeindruckt uns mit ihrer Bestimmtheit, der Sicherheit in ihrer Stimme, in der kein Zweifel mitschwingt, daß wir nicht kommen würden.

Ein Jahr später: Maria-Alexandra, eine Teilnehmerin in den Lichtenergie-Kursen seit vielen Jahren, unsere Stütze in Argentinien, erläutert uns ihre Planung für die diesjährige Argentinien-Reise. Sie hält Kontakt zu den Gruppen in verschiedenen Orten, koordiniert die Reiseroute mit den möglichen Terminen (was in diesem riesengroßen Land nicht einfach ist, wir bewundern ihr Organisationstalent), und zu unserer Überraschung soll unsere Reise diesmal bis nach Retiro gehen!

Also ist Fabiola tatsächlich erfolgreich gewesen mit ihrer Beharrlichkeit und konnte Maria-Alexandra dazu bewegen, Retiro in den Reiseplan mit einzubeziehen, und zwar aus geographischen Gründen als letzten Ort. Denn wir beginnen ganz im Süden, in Calafate in Patagonien; über verschiedene Orte geht es dann bis Catamarca, von dort mehrere Stunden nach Norden bis Salta, und dann „nur noch" vier Stunden mit dem Bus bis Retiro.

Ja, hinsichtlich der Entfernungen haben die Argentinier andere Vorstellungen als wir in dem dichtbesiedelten Europa. Von Feuerland im Süden sind es bis an die bolivianische Grenze 6000 km, – zwischen den Orten und Städten nur Landschaft, Landschaft, Landschaft, Ebenen, Pampa, Wälder, Gebirge, Felder…

Und um diese großen Entfernungen zwischen unseren geplanten Stationen zu überbrücken, hat Maria-Alexandra Flüge und Busfahrten vorweg organisiert (eine Leistung, die wir sehr zu würdigen wissen). Die längste Busstrecke (zwischen Rosario und La Rioja) dauert 14 Stunden.

Und nun sind wir tatsächlich in diesem Ort angekommen, in Retiro. Was uns erwartet, ahnen wir vorher nur in Andeutungen. Erst einmal überwältigt uns die große Hitze hier. (In Patagonien war es manchmal recht kalt, wir haben auch Schnee erlebt.) Entsprechend sommerlich gekleidet empfängt uns freudestrahlend Fabiola am Busbahnhof. Sie verfrachtet uns – ohne viele Worte – in ein Auto eines Freundes, der uns auf staubigen Sandwegen zu ihrem Haus bringt. Sie selber saust auf einem Moped davon und ist dann noch vor uns bei sich zuhause.

Ihr Domizil ist ein ebenerdiger, schlichter Ziegelbau. Unsere zielstrebige Gastgeberin führt uns ins Innere; eine angenehme Kühle empfängt uns. Auch die Dunkelheit empfinden wir als erholsam nach dem grellen Sonnenlicht draußen. Vor allem Ellinor ist dankbar für die ruhige Stimmung drinnen. Fabiola spürt, daß sie Erholung braucht nach der langen Reise, und so darf sich Ellinor im Schlafzimmer auf das Bett legen und sich der Ruhe und Entspannung hingeben.

Fabiolas zwölfjährige Tochter Julia hat uns auch begrüßt beim Eintreten; sie hat bemerkt, daß Ellinors Gesicht angeschwollen ist (Die ganze Reise über, insgesamt drei Wochen, hat sie mit Hautproblemen zu tun). Julia betreut nun, ganz von sich aus, in rührender Weise Ellinor; sie legt ihr kühlende feuchte Tücher aufs Gesicht, erneuert sie immer wieder, tut dies in liebevoller, stiller Weise. Ellinor ist ganz gerührt, wie zartfühlend dieses zwölfjährige Mädchen sich ihrer annimmt. – Wir fühlen uns hier sehr geborgen, und so bewahrheitet sich die Bedeutung des Ortsnamens „Retiro" – ein Ort der Ruhe, der Erholung.

Der erste von zwei Tagen ist dem Lichtenergie-Seminar gewidmet. Die Teilnehmer sind offensichtlich an die Hitze gewöhnt, doch uns macht sie zu schaffen. Es bleibt uns nur, trotz dieser klimatischen Situation uns in aller Ruhe dem Verlauf des Seminars hinzugeben und von den Umständen innerlich unabhängig zu fühlen. Dies wird uns erleichtert, da die Teilnehmer sehr offen sind für das Geschehen (sich mit heilenden Energien zu verbinden) und wir uns mit ihnen in ruhiger Übereinstimmung empfinden können.

Nach dem Seminar sitzen wir im Kreise der Familie (Fabiola, ihr Ehemann, Julia mit ihrem Bruder) beim vegetarischen, sehr wohlmundenden Mahl beisammen und können nach erfüllter Aufgabe die Erfahrungen des Seminars nachklingen lassen, in einem angeregten Gespräch mit Fabiola. – Ihr Mann ist recht schweigsam, dabei aber auf stille Weise uns zugetan.

Die beiden Kinder ziehen sich zurück, auch der Ehemann hat beruflich zu tun. So sind wir zu Dritt noch am Tisch, Fabiola sitzt neben uns, hat vor sich ein Heft und schreibt darin, wir bleiben entspannt sitzen, in Stille, fühlen, wie diese Momente der Ruhe uns zu uns kommen lassen; wir brauchen an nichts zu denken, nehmen diese meditative Stimmung bewußt wahr.

Nach längerem Schweigen wendet sich Fabiola mit behutsamer Stimme an uns: „Ich habe da etwas geschrieben", sagt sie, „und zwar für euch. Ich empfange nämlich seit etwa sechs Wochen Botschaften. Ich setze mich hin, öffne mich dem Kontakt, und dann kann ich die Worte, die mir innerlich gegeben werden, aufschreiben. – Darf ich euch das mal vorlesen?"

In unserem Leben sind schon viele uns tief berührende Ereignisse geschehen. Diese Worte unserer Gastgeberin lösen in uns Empfindungen aus, die schwer zu beschreiben sind: Erstaunen? Freude?... Für etwas, was über die normalen Alltagserfahrungen hinausgeht, fehlen uns oft noch die rechten Worte. – Voll freudiger Überraschung antworten wir ihr: „Ja, natürlich, bitte, gerne!" –

Das, was sie uns dann vorliest, läßt uns ganz still werden. Es ist eine Botschaft von Hohen Lichtwesen, zusammen mit dem Erzengel Michael. Mit uns tief berührenden Worten werden wir begrüßt, und dann wird diese Zusammenkunft hier bei Fabiola in einen größeren Zusammenhang gestellt: Alle, die in dieser Welt für das Licht wirken, werden zusammengeführt, um, wie es in der Botschaft heißt, „Licht und Liebe auf die Erde zu bringen und so die Kräfte des Himmels und der Erde zu vereinen."

Und dann wird auch davon gesprochen, daß wir nur dies eine Mal hier wären, und sie, Fabiola, möge das Geschehen unseres Lichtenergie-Seminars deshalb tief in sich bewahren und die Essenz an viele weitergeben. Dieses Zusammensein sei von ihnen begleitet und geführt. Und mit den Worten „Möge euer Weg gesegnet sein!" endet die Botschaft.

Tief gerührt, voller Demut und Dankbarkeit hören wir diese Worte, die uns Fabiola – selber freudig erregt – vorliest. So verstehen wir nun, warum wir kommen sollten und sie uns vor einem Jahr, ihrer inneren Stimme folgend, unbedingt hierherholen wollte.

Dies Geschehen fügt sich für uns ein in so viele erstaunliche Zusammenführungen, – doch dieses Mal läßt es uns innerlich anhalten: Wie sehr sind wir alle auf inneren Ebenen miteinander verbunden, und es übersteigt unser normales Verstehen, wie die geistigen Kräfte wirken, einer Höheren Weisheit folgend.

Diese Augenblicke zusammen mit Fabiola sind für uns sehr beglückend, sehr wertvoll, und wir sind angerührt von der Nähe, der Vertrautheit, hier in diesem weitentlegenen Ort ganz im Norden Argentiniens. Egal wo, wenn es sein soll, wird sich alles fügen. –

Und es kommt noch eine weitere, uns überwältigende Überraschung, ganz zum Schluß, nach dem Vorlesen: Fabiola sagt, und zwar mit Verwunderung: „Sie sprechen mich aber nicht mit meinem Namen an, sondern mit ‚Juana de Arco‘! Was bedeutet das?"

Mit diesen Worten bekommt das Hiersein noch eine ganz andere Bedeutung für uns: Wir sitzen hier neben dem menschlichen Wesen, das in einer früheren Inkarnation „Jeanne d'Arc" war (in der französischen Bezeichnung, auf Deutsch „Johanna von Orléans"), und sie selber weiß nichts von dieser Johanna, kennt nicht deren Bedeutung!

Was für eine Offenbarung und Bestätigung, daß das Leben immer weitergeht, wir immer von Neuem inkarnieren dürfen, ohne die Bürde früherer Leben, frei, als neue Chance, als Seele weiter zu wachsen, – durch all die neuen irdischen Erfahrungen, Prüfungen, Herausforderungen.

Ihr könnt euch vorstellen, was in uns vor sich geht, als unsere Gastgeberin dies uns mitteilt, ohne zu ahnen, was sie damit kundtut. Denn sie selber weiß offensichtlich nicht, wer „Jeanne d'Arc", „Juana de Arco" (auf Spanisch) war. Wir kommen ja aus gutem Grund ohne diese Erinnerungen auf die Erde, um unbelastet, frei, von Neuem beginnen zu können, wobei all die bisher durch unsere früheren Erfahrungen und Erkenntnisse erlangten geistigen Schätze in uns als Grundlage für weiteres Wachsen dienen.

Wir müssen in diesem Moment, nach der ersten Überraschung, gut überlegen, wie wir reagieren sollten: Denn es geht nicht darum, sich wegen irgendeiner früheren Inkarnation groß zu fühlen – oder schuldig, je nachdem – sondern im Hier und Jetzt zu leben und die Aufgaben zu erfüllen, die in diesem Leben vor uns liegen.

So deuten wir unserer „Johanna" nun nur behutsam an, wie der Lebenslauf der damaligen Johanna Anfang des 15. Jahrhunderts (1412-1431) war, was sie als Mission in Frankreich erfüllen wollte (die Befreiung von Orléans und die Krönung des Königs Charles VII und daß sie, aufgrund von Verrat und Intrigen, von den Engländern gefangengenommen worden war und nach langen qualvollen Verhören auf dem Scheiterhaufen endete, im jungen Alter von neunzehn Jahren).

All dies erzählen wir mit wenigen Worten, aber als etwas längst Vergangenes, was mit ihr heute nichts zu tun hat. Und so erzählt sie uns von ihrem jetzigen Leben, den Aufgaben, denen sie sich jetzt widmet: Sie hat in Retiro ein Frauenhaus gegründet, zum Schutz von mißhandelten Frauen. –

Da wird uns bewußt, wie sie jetzt weiterhin für etwas kämpft, für die Rechte der Frauen, was sie damals, als junges Mädchen, so schmerzhaft erleben mußte, wie sie in der Männerwelt zur Zeit der Inquisition Willkür und Gewalt ausgesetzt war.

Und uns wird auch der Zusammenhang mit „damals" bewußt: Als junges einfaches Bauernmädchen hatte sie seit ihrem 12. Lebensjahr „Stimmen gehört", die ihr auf ihrem Lebensweg die Orientierung gaben, und nun ist sie seit Kurzem wieder in diesen Kontakt getreten, in dieser Gegenwart.

Sie läßt uns auch dann an ihren Plänen teilhaben, in die Politik zu gehen, um auf diese Weise noch effektiver für Frauenrechte zu kämpfen. Da kommt in uns sofort der Gedanke auf, sie in dem Sinne zu beraten, lieber im Stillen, in diesem kleinen Rahmen von Retiro, weiter zu wirken, um nicht in der „Großen Politik" in die Konfrontation mit der „Männerwelt" (besonders in Argentinien, einem „Macho-Land" wie viele südamerikanische Länder) zu geraten und um nicht wieder – im übertragenen Sinne – auf dem „Scheiterhaufen" zu enden.

So sind wir mit einem Mal in einem sehr innigen, tiefgehenden Gespräch mit ihr verbunden. Sie ist dabei ganz ruhig und gelassen; unsere Erklärung der Anrede in ihren Botschaften als „Juana de Arco" nimmt sie mit Gleichmut, in aller Bescheidenheit hin, ohne groß verwundert zu sein (Und das wundert uns nun wieder!); wir sind froh, daß sie offensichtlich schon in dem Bewußtsein lebt, daß nur das gegenwärtige Leben zählt und wir uns nicht durch ein Wissen über frühere Inkarnationen irritieren oder ablenken lassen sollten. Sie gibt also unserer „Offenbarung" von ihrer früheren Identität keine weitere Bedeutung. Wie gut!

Diese Erfahrung mit Fabiola in Retiro ist für uns die bedeutsamste in all den vielen Jahren, die wir bisher unterwegs waren. Schenkte sie uns doch eine reale, authentische Bestätigung der Tatsache, daß das Leben immer weitergeht ist und wir in immer wieder neuen Inkarnationen als Seelenbewußtsein weiterleben, Erfahrungen sammeln, lernen, geistig wachsen. Dies ist uns seit langem vertraut, doch es nun so direkt mitzuerleben berührt uns sehr. –

Wie die Geschichte weitergeht? – Ganz ruhig. Wir sind am Abend wieder gemeinsam mit Fabiolas Familie beim Abendbrot beisammen. Die Nacht bringt uns mit einer leichten Abkühlung die erhoffte Erholung; wir schlafen tief und fest, nur zu Beginn sind wir Beide noch in einem Austausch, in einer Reflexion über diese außergewöhnliche Erfahrung. –

Der nächste Tag ist geprägt von dem zweiten Teil des Seminars. Und unsere „Johanna" ist wieder freudig und wach dabei, jetzt entsprechend dem Inhalt der Botschaft alles noch bewußter erlebend, wissend, daß sich mit diesem zweiten Tag weiterhin etwas erfüllt und sie „alles in ihrem Herzen bewegen" solle.

Wir gehen früh schlafen; wir müssen nämlich um ein Uhr nachts aufstehen, um eine lange Reise anzutreten, bis wir am nächsten Abend in Santiago de Chile ankommen werden. Doch das ist eine andere Geschichte!

11. Der längste Tag

„Gibt es denn überhaupt einen ‚längsten Tag‘? Sind nicht alle Tage gleich lang – nämlich vierundzwanzig Stunden? – Oder meinst du damit die Dauer der Helligkeit?“

„Richtig, das könnte darauf zutreffen, so, wie wir bei der Sommersonnenwende hier auf der Nordhalbkugel, also am 21. Juni, vom ‚längsten Tag des Jahres‘ sprechen, weil die Sonne dann am längsten scheint. Und umgekehrt am 21. Dezember ist dann ‚der kürzeste Tag‘, wenn es nur wenige Helligkeitsstunden gibt. – Aber ich meine es noch anders…“

„Vielleicht so, daß es einem so vorkommt, als ob der Tag nicht enden wolle, sich so hinzieht?“

„Nein, auch nicht; es geht vielmehr um einen Tag mit so vielen Erlebnissen, kuriosen Begebenheiten, daß er so erfüllt ist wie sonst kein anderer Tag. Er beginnt nämlich schon nachts um ein Uhr und kommt erst spät in der nächsten Nacht zu einem Abschluß, einem Ziel, das nicht so leicht zu erreichen ist.“

„Das klingt ja rätselhaft, und so darfst du nun, aber immer schön der Reihe nach, bitte, uns daran teilhaben lassen!“

„Gern, ich muß mich aber ein bißchen konzentrieren, damit ich mich nicht in Nebenwegen verliere, sondern die wesentlichen Etappen auf der langen Strecke im Auge behalte.“

„Lange Strecke?“

„Ja, es geht los in Retiro, im Norden Argentiniens…“

„Oh, also direkt nach der Geschichte mit Fabiola, wo du zum Schluß schreibst: ‚Aber das ist eine andere Geschichte…!‘?“

„Ja, genau, und von dort geht es mit dem Bus mehrere Stunden bis Salta weiter südlich, dann mit dem Flugzeug die weite Strecke bis Buenos Aires Richtung Süden, dort vom Regional-Flughafen durch die Stadt zum Internationalen Flughafen (eine Stunde Fahrt auf einer Stadt-Autobahn), dann Richtung Westen quer über Südamerika bis nach Santiago de Chile, also vom Atlantik zum Pazifik.“

„Das hört sich wirklich nach einer langen Geschichte an. Und so höre ich nun gerne zu.“

Um in der richtigen Reihenfolge zu bleiben, muß ich sogar zeitlich noch ein bißchen weiter zurückgehen. Die zwei Tage davor in Retiro sind ja für uns zu einem tiefgehenden Erlebnis geworden, weil Fabiola mit ihrer Botschaft uns den Blick sehr geweitet hat. Und so sind wir, ganz erfüllt von dieser Erfahrung, am Abend des zweiten Tages sehr früh schlafen gegangen, weil wir schon bald nach Mitternacht aufstehen müssen, um die Reise dieses „längsten Tages“ anzutreten.

Doch noch vor Mitternacht werden wir von Fabiola geweckt: „Maestro Lin ist am Telefon! Er möchte euch dringend sprechen!“ Ein Anruf aus Buenos Aires? Schlaftrunken wanke ich zum Telefon im Nebenraum.

„Ich habe gehört“, sagt Maestro Lin, „ihr fliegt morgen über Buenos Aires nach Santiago. Darf ich euch von dem einen zu dem anderen Flughafen bringen? Es wäre eine Freude für mich!“

Natürlich ist das auch für uns eine Freude, und so stimmen wir dankbar zu, und unser chinesischer Freund wünscht uns noch eine Gute Nacht, und wir dürfen die verbleibenden zwei Stunden nochmal versuchen, in Schlaf zu sinken, was bei meinem Reisefieber (Ellinor bleibt immer die Ruhe selbst) nicht so leicht ist, und die uns bevorstehende weite Reise hat auch so manche Ungewißheiten…

Fabiola weckt uns gegen ein Uhr nachts. Nun geht es also los. Beim Verabschieden fühlen wir uns dieser liebevollen Familie sehr nahe, und das Wissen, daß dies wohl in diesem Leben die einzige Begegnung bleiben wird, läßt uns diesen Moment noch inniger erleben.

In dunkler sternenklarer Nacht bringt uns Fabiola zum Busbahnhof. Noch einmal eine Umarmung, ein Innehalten im Bewußtsein der Verbundenheit, und dann trägt uns der Reisebus davon. Es liegen mehrere Stunden vor uns bis Salta. Wir können tatsächlich schlafen, in der Gewißheit, jetzt geht alles seinen Gang: Salta, Buenos Aires, Santiago…

In Salta fängt es bei unserer Ankunft an zu dämmern. Der kleine Flughafen gefällt uns; alles ist überschaubar, kurze Wege, einfache Abfertigung. Es ist noch genügend Zeit bis zum Abflug, so genießen wir die morgendliche Ruhe mit einem Tee und entspanntem Warten. Es sind nur wenige Reisegäste mit uns unterwegs, so ist kaum Gedränge, keine Eile; das gefällt uns, haben wir doch auf anderen Flugreisen manche Herausforderung auf uns nehmen müssen in Bezug auf Geduld und Gelassenheit inmitten des größten Gewühls.

Die Reise geht also gut weiter mit einem langen Flug nach Süden, nach Argentiniens Hauptstadt Buenos Aires. Wir sind gespannt, ob unser Freund Lin, dieser kleine Chinese aus Taiwan, Wort hält und wie versprochen uns am nationalen Flughafen abholt.

Wir haben uns vor Jahren in der Nähe von Catamarca kennengelernt, als er uns seine Tao-Lehre, die er als Lehrer weitergibt, vermitteln wollte, und ihn interessierte auch unser Weg mit der Lichtenergie. Es war von Anfang an ein sehr herzlicher Kontakt, mit viel gegenseitigem Austausch und erstaunlichen Übereinstimmungen mit seinem spirituellen Verständnis vom Leben.

Und so stehen wir nun mit unseren Koffern am verabredeten Ausgang vor dem Flughafen, und wer nicht da ist, ist Lin. Also: Geduld, Vertrauen, Gleichmut (eine asiatische Eigenschaft). Unsere Ausdauer wird belohnt: Eiligen Schrittes, keuchend, mit rotem Kopf kommt Lin auf uns zu: „Ich mußte erst noch einen Parkplatz finden! Gut, daß ihr da seid!" Erleichtert folgen wir ihm durchs Gewühl eine durchaus nicht kurze Fußwegstrecke bis zu seinem Auto.

Aus früheren Reisen wissen wir, daß es nun darum geht, durch die Millionenstadt die richtige Strecke zu kennen, um zu dem großen internationalen Flughafen zu gelangen. Bisher haben wir dies mit einem Taxi unternommen, das auf Stadtautobahnen mit 100 km Tempo etwa eine Stunde dafür brauchte. Zum Glück ist nach Lins Verspätung noch genügend Zeit, um rechtzeitig, d.h. zwei Stunden vor dem Weiterflug nach Chile, dort anzukommen.

Und nun von einem Freund gefahren zu werden (ohne die 80 Dollar fürs Taxi bezahlen zu müssen) empfinden wir als Geschenk. Es gibt so viel zu erzählen, auszutauschen während der Fahrt. Allerdings ist die Verständigung nicht immer einfach, da Lin chinesisches Spanisch spricht, auch wenn er schon länger hier lebt. So müssen wir öfter bedenken, daß ein „R" in einem spanischen Wort als „L" ausgesprochen wird, was uns manchmal kurios vorkommt und einigen Übersetzens des „L" ins „R" bedarf, um ein Wort zu verstehen. Im Deutschen würde das etwa bedeuten, daß das Wort „Rose" wie „Lose" klingt.

Das macht unsere Unterhaltung kurzweilig. Und ihr merkt, daß ich die lange Fahrt durch die Stadt mit dieser Plauderei auffüllen möchte. Noch ist ja genügend Zeit für einen rechtzeitigen Weiterflug.

Doch ich bemerke nach einiger Zeit – auf den vielen Reisen ist ja auch unser Orientierungsvermögen gefragt und wird dadurch geschult –, daß die Strecke mir nicht dieselbe zu sein scheint, so, wie die Taxifahrer auf direktestem Weg uns zum Flughafen gebracht hatten.

„Lin, du weißt, wir müssen spätestens um zwei Uhr mittags am Flughafen sein!" wage ich zu sagen. – „Ja, ja, alles in Ordnung! Ich möchte euch nur noch auf dem Weg meinen Tempel zeigen!"

Seinen Tempel? Ja, richtig, er ist ja Tao-Lehrer, und da gehört wohl ein Tempel als Treffpunkt dazu. Aber jetzt auf dieser Fahrt, wo mit jedem weiteren Kilometer die Zeit bis zum Weiterflug zusammenschrumpft? Ellinor beruhigt mich leise, er würde schon die Zeit im Auge behalten. In meiner Magengegend spüre ich einen Druck, eine Anspannung; das kenne ich von Situationen, in denen etwas schwierig zu werden droht.

Aber jetzt wollen wir natürlich Lins Wunsch entsprechen, seinen Tempel in Augenschein zu nehmen. Er hält in einer Hauptverkehrsstraße vor einer langen Häuserfront und steuert mit uns auf einen kleinen unscheinbaren Hauseingang zu, öffnet die Holztür, und es eröffnet sich vor uns ein langer dunkler Gang. Nach einigen Biegungen gelangen wir in einen großen Raum, fast wie eine Halle: Das ist also sein Tempel!

Er wirkt typisch asiatisch mit Statuen, Ornamenten, kräftigen Farben, vorwiegend leuchtend Rot und Gelb. Vor uns befinden sich viele säuberlich aufgereihte würfelförmige weiße Sitzhocker.

Wir lassen uns darauf nieder, nehmen den Raum wahr, spüren: Dies ist eine Insel der Stille inmitten der Turbolenz dieser Millionenstadt. Lin schaut uns erwartungsvoll an: Ist das nicht wunderschön hier? Wir können ihm nur zustimmen und bedauern, nicht länger verweilen zu können. Draußen ist die Welt mit irdischer Zeit, sind die Herausforderungen unserer Weiterreise, und so atmen wir auf – nach diesen kostbaren Augenblicken der inneren Ruhe –, als Lin wieder zum Ausgang strebt.

Die Weiterfahrt läßt uns hoffen, vielleicht noch rechtzeitig zum Flughafen zu gelangen. Doch – ihr werdet es kaum glauben – Lin eröffnet uns, als wir in einer ruhigen Gegend vor einem weißen gepflegten Gebäude mit Vorgarten halten: „Dies ist der Tempel meines Meisters, und er erwartet uns zum Mittagessen!"

Wir wissen nicht, wie wir reagieren sollen. Lebt er völlig außerhalb der Zeit? Weiß er nicht, worum es geht? In meinem Kopf habe ich so etwas wie ein Zeitmaß, einen Kompaß zur zeitlichen Orientierung, um bei den vielen Reisen alle Abschnitte in der richtigen Zeitfolge sich ineinander fügen zu lassen.

Und wir dürfen auf keinen Fall unseren Flug von Argentinien nach Chile verpassen; wir werden abends in Santiago erwartet, von irgend jemandem, der mit unserem Namensschild im Ausgangsgewühl uns zu finden versuchen und uns auf irgendeine Weise zu einer „Doctora Elena" bringen wird. Mehr wissen wir nicht.

Alles hängt also jetzt von unserem liebenswerten chinesischen Freund Lin ab. Und da stehen wir vor einem zweiten Tempel, wohl einem noch bedeutenderen, denn er sagt ja: „Dies ist der Tempel meines Meisters!" Es schwingt Hochachtung, fast Ehrfurcht darin mit.

Und wir tun etwas (gegen alle Vernunft): Wir folgen Lin in dies eindrucksvolle Gebäude (Ellinor flüstert mir zu:

„Es wird schon alles gut gehen!"), steigen einige breite Stufen hoch, gelangen in einen großen leeren Vorraum und sehen einen gedeckten Tisch.

Ein älterer würdevoller Chinese kommt auf uns zu. Lin stellt uns seinem Meister vor. Dieser ist offensichtlich über unsere Ankunft informiert (da erinnern wir uns daran, daß während der Fahrt Lin mit jemandem auf Chinesisch telefoniert hat) und begrüßt uns mit vor der Brust zusammengelegten Händen und einer leichten Verbeugung. Wir verneigen uns in gleicher Weise.

Eine junge Frau kommt aus einem Nebenraum, wohl der Küche, mit einem Tablett voller Gemüseschüsseln: Brokkoli, Zucchini, Kürbis, Tomaten… Wir fühlen uns wie in einem Märchen. Was für ein „Intermezzo" an diesem Tag, der eigentlich einem ständigen Weiterreisen gewidmet ist und nun schon wieder in seinem Verlauf angehalten wird, so, als ob hier eine andere Wirklichkeit herrscht.

Und wieder ist es Ellinor, die mich davon abhält, dies kulinarische Angebot dankend abzulehnen mit einem Hinweis auf irgendwelche irdisch-zeitlichen Zwänge. Und wir wissen auch um die Bedeutung asiatischer Höflichkeit. Die ruhige Atmosphäre und die Gegenwart der zwei Tao-Meister teilen sich uns mit. So genießen wir dies köstliche vegetarische Mahl.

Während des Essens hält uns der Alte einen Vortrag über die Essenz der taoistischen Lehre; die junge Frau, die sich als seine Tochter vorstellt, übersetzt die chinesischen Worte ins Spanische. Wir staunen innerlich über uns, daß wir tatsächlich relativ gelassen zuhören können. Das Gemüse ist sehr wohlschmeckend zubereitet; so ist dies Zusammensein etwas, was uns hier sehr wohlfühlen läßt.

Als dann aber eine weitere große Schüssel mit dampfenden Spaghettis hereingetragen wird, sagt selbst Lin (zu unserer großen Erleichterung), daß es ja nun wohl weitergehen müsse und wir darauf verzichten müßten. So ist der Abschied kurz, mit Dankes-Verbeugungen, und als wir wieder im Auto sitzen, wird sich auch unser Freund Lin (wieder in der realen Welt) seiner uns versprochenen Aufgabe bewußt, uns zum Flughafen zu bringen.

Es erscheint uns so gut wie unmöglich, überhaupt noch „rechtzeitig" (was auch immer das heißt) hinzugelangen. Er beschleunigt tatsächlich das Tempo und fährt nun auch auf der uns bekannten Stadt-Autobahn.

Wir denken nicht mehr an „Zeit" – ob wir es schaffen oder nicht –, alles geht jetzt ganz schnell: Ankunft, die drei Koffer (einen großen zum Aufgeben und zwei kleine Handköfferchen) ergriffen, zu den Eincheck-Schaltern gestürmt (Lin muß einen Parkplatz finden), Riesenschlangen vor uns: Völlig aussichtslos, nur noch wenige Minuten bis zum Abflug!

Da sehe ich neben der Menschenmenge ganz weit rechts einen Hallenbereich, wo neben vielen leeren Schaltern der letzte von einer Frau in Uniform besetzt ist. „Ellinor, bleibe hier mit den kleinen Koffern, ich nehme den großen und versuche es!"

Ellinor macht mir Mut, ich eile zu der vielleicht einzigen Möglichkeit einer Rettung in letzter Minute, und –

es gleicht einem Wunder! – die Dame hört sich meine aufgeregten Worte an, nimmt den großen Koffer zur Abfertigung entgegen, gibt mir aufgrund meiner Tickets sofort die Bordkarten, wir eilen zur Paßkontrolle, und da stürzt Lin außer Atem auf uns zu, sieht unsere Bordkarten, reckt seine Arme gen Himmel: „Danke, danke!" ruft er laut in der Menge, und wir eilen wie im Traum durch die Kontrollen, rennen die Gänge zum Gate und kommen als letzte ins Flugzeug, sinken auf die Sitze: Geschafft! –

Vor uns liegt ein mehrstündiger Flug, vom Atlantik bis zum Pazifik, quer über Südamerika, zum Schluß die letzte Stunde über die Anden; darauf freuen wir uns. Und wir haben genügend Zeit, die Erlebnisse des bisherigen Tages in Ruhe sacken zu lassen und zu reflektieren. „Nie aufgeben!" war immer Ellinors Spruch. Und wie er sich bewahrheitet hat!

Die Lektion aus der Erfahrung mit unserem Freund Lin – die zwei Tempel, das gemeinsame Essen mit seinem Meister, dessen Belehrungen – ist für uns: In welche Turbulenzen wir auch geraten, es ist möglich, bei sich zu bleiben, von einer inneren Gewißheit getragen zu sein, zu vertrauen…

So können wir nun den Blick nach vorne richten, in Flugrichtung nach Westen, und auch in zeitlicher Hinsicht auf das, was uns wohl am Abend erwartet. Die Doctora Elena, mit der wir verabredet sind, kennen wir noch nicht persönlich; sie hat uns eingeladen, für ihre Patienten ein Seminar zu geben.

Sie hatte nämlich auf einer Ärztetagung in Chile eine Ärztin kennengelernt, die bei einem unserer Seminare in Ecuador teilgenommen und der Doctora Elena davon erzählt hatte. Das hatte ihr Interesse geweckt, und so hatte sich wieder ein neuer Kontakt ergeben, – immer aufgrund persönlicher Begegnungen, persönlicher Erfahrungen. Wie wir es immer wieder erlebt haben: Alles ergibt sich, fügt sich zusammen („Koinzidenz").

Die letzte Stunde des Fluges ist die schönste: Ein wolkenloser Himmel, klare Sicht, noch scheint die Sonne an diesem späten Nachmittag, und ganz deutlich können wir unter uns die Anden auftauchen sehen mit ihren schneebedeckten Gipfeln, einige über 7000 m hoch, zum Teil mit Vulkankratern.

…ein wolkenloser Himmel, klare Sicht, unter uns die Anden…

Es ist ein Bilderbuch-Anblick, den wir mit wachen Augen in uns aufnehmen. Minute um Minute gleiten wir über diese eindrucksvolle Hochgebirgslandschaft, dankbar für das Glück, das wir mit dem Wetter zu dieser Tageszeit haben. Denn am späten Nachmittag sind die Farben besonders klar und intensiv.

Wir wissen: Mit der Landung in Santiago de Chile wird ein anderer Abschnitt dieses Tages beginnen mit manchen Fragezeichen: Wer wird uns am Flughafen abholen? Wo ist Elenas Klinik? Welches sind ihre Patienten? – Wir lassen immer alles auf uns zukommen, vertrauen den vorher getroffenen Verabredungen, und so sind wir auch diesmal guten Mutes, und die Ungewißheiten bringen auch eine reizvolle Spannung mit sich.

Den Flughafen in Santiago kennen wir aus früheren Reisen; er ist überschaubar und wirkt viel ruhiger als der in Buenos Aires. Am Ausgang müssen wir als Ankommende durch eine Art Spalier von Begrenzungsgittern, bis wir in den Freiraum dahinter gelangen, wo das große Begrüßen beginnt, die Umarmungen, das Wiedersehen.

Wir entdecken in der Menge tatsächlich drei Jugendliche mit unseren Namensschildern. Wir geben uns zu erkennen. Ein Wortschwall stürmt auf uns ein. Wir müssen sie bitten, langsamer zu sprechen – ohne Erfolg. Zumindest hören wir die Worte „Klinik" und „Doctora Elena" heraus, können also davon ausgehen, jetzt in den richtigen Händen zu sein.

Schon sind uns die Koffer abgenommen (der große, der pünktlich auf dem Laufband angekommen war, und die zwei Handköfferchen), und wir müssen uns anstrengen, den loseilenden jungen Männern zu folgen, nach draußen, wo sie auf ein rotes Auto zusteuern.

Es geht alles ganz schnell, das Einsteigen zu Fünft; wo die Koffer bleiben, kriegen wir gar nicht mit; es beginnt eine holperige Fahrt mit diesem wohl recht alten Vehikel, Stoßdämpfer scheint es nicht mehr zu haben, wir sitzen zu Dritt hinten, etwas gedrängt, müssen immer wieder um langsameres Sprechen bitten (chilenisches Spanisch ist sowieso schwierig zu verstehen, weil die Konsonanten „st" verschluckt werden) und geben es schließlich auf, in eine verständliche Konversation zu gelangen.

Wir können uns nur in die Situation fügen, wobei uns diese Umstände mit diesem „Klapperkasten" schon recht merkwürdig vorkommen. Es drängt sich auch nach und nach der Eindruck auf, daß die jungen Begleiter nicht so recht den Weg kennen. Sie halten an, um Passanten nach dem Weg zu fragen. Dies wiederholt sich, und in uns steigen so manche Fragen auf: Was geschieht hier? – Es beschleicht uns sogar das Gefühl, vielleicht entführt zu werden, doch wir sind gleich wieder darauf bedacht, diesen Gedanken wegzuwischen und durch die Empfindung von Vertrauen zu ersetzen.

Die Gegend kommt uns inzwischen vor wie ein vernachlässigter Vorort: unverputzte oder abblätternde Häuserfassaden, z.T. leerstehende niedrige Gebäude. –Wo sind wir? Immer wieder gibt es – offensichtlich ziellose – Richtungsänderungen.

Es ist dunkel geworden. Und der weitere Verlauf ist nicht dazu geeignet, unsere inzwischen stärker werdenden Bedenken zu zerstreuen, denn mit einem Mal hält der Fahrer an und fordert uns auf, sein Fahrzeug zu verlassen, „will nicht weiter"! – wie merkwürdig!

Und die beiden Verbliebenen drängen uns tatsächlich, dem Folge zu leisten, auszusteigen und uns mit ihnen zu einer nahegelegenen Bushaltestelle zu begeben, weil es „nun so weiterginge". Zum Glück sehen wir in ihren Händen unsere Koffer…

Die Busfahrt läßt uns die Verkehrsmöglichkeiten in dieser Stadt kennenlernen: Auch diese Busse scheinen keine Stoßdämpfer zu kennen; auf den holperigen Schlaglöcher-Straßen geht es nur langsam vorwärts. Der Bus hält recht oft, Leute steigen aus, steigen ein; wir versuchen, unsere Koffer immer im Blick zu behalten. Noch sind sie in den Händen unserer zwei Begleiter.

Wieviel Zeit inzwischen vergangen ist, können wir nicht abschätzen. Im Bus wird unsere Aufmerksamkeit aufrecht erhalten durch ein kurzweiliges Geschehen: Bei jeder Haltestelle steigen Kinder ein, gehen laut rufend durch den Mittelgang, dabei in den Händen medizinische oder kosmetische Produkte und Süßigkeiten hin und her schwenkend und zum (sehr preiswerten) Verkauf anbietend.

Schnell sind sie (mit oder ohne Erfolg) beim nächsten Halt wieder draußen, um von anderen Kindern abgelöst zu werden. Wir betrachten fasziniert dies Schauspiel, erleben wir doch hier am späten Abend in einem ratternden Bus in der Millionenstadt Santiago etwas, was aus Fernsehberichten in Deutschland oft thematisiert wird: die Kinderarbeit in vielen Ländern der Welt.

Unsere Aufmerksamkeit wird durch bestimmte Geräusche auf eine Mutter mit ihrer Tochter gelenkt. Es sind unartikulierte Laute, von unkontrollierten Gesten begleitet, und uns ist klar, daß es sich um ein behindertes Mädchen handelt. Als vor uns zwei Plätze frei werden, setzt es sich dorthin, die Mutter folgt ihm. Dabei bemerke ich, daß seine Mütze auf dem vorigen Platz liegengeblieben ist. Ich nehme sie und überreiche sie der Mutter. Sie bedankt sich überrascht, sie hatte den Verlust nicht bemerkt.

Und dann beginnt ein merkwürdiges Schauspiel direkt vor uns: Mal herzt und küßt die Mutter stürmisch ihre Tochter, dann wieder geht sie grob, streng und unbeherrscht mit ihr um. Langsam kommen wir uns vor wie in einem merkwürdigen, surrealen Film: Werden wir immer in diesem Bus bleiben, immer weiterfahren, ohne Ziel...?

„Aussteigen, aussteigen!" Ganz abrupt werden wir aus diesen Empfindungen gerissen. Wir stolpern nach draußen, unsere Begleiter sind tatsächlich mit den Koffern neben uns. Vor uns erstreckt sich, spärlich beleuchtet von wenigen Straßenlaternen, ein freier Platz. Taxis warten.

Wir steuern auf eins zu. Nach einigem Hin- und Hergerede (für uns kaum verständlich) ist der Fahrer bereit, uns mitzunehmen. Er macht den Eindruck zu wissen, wohin es ginge. Dies ist für uns ein weiterer, unerwarteter Szenenwechsel. Wir halten inzwischen alles oder nichts für möglich. Doch nun stellt sich erstaunlicherweise bei uns Ruhe und Sicherheit ein: Wir nähern uns offensichtlich dem Ziel, dem endgültigen an diesem langen, denkwürdigen Tag!

Soweit im Scheinwerferlicht erkennbar, fahren wir auf sandigen Wegen zwischen Gärten, Büschen, niedrigen Bäumen in einer Naturlandschaft: ein großer Kontrast zu der Großstadt vorher. Wir können wohl aufatmen; hier werden wir uns wohlfühlen!

Wir bewundern den Orientierungssinn des Taxifahrers, der bei jeder Wegbiegung ruhig und ohne zu zögern zielstrebig weiterfährt. – Und es ist schon kaum noch zu erwarten, es geschieht aber dennoch: Wir halten an einem großen offenen Gartentor, ein von Büschen gesäumter Weg führt zu einem Haus, die Tür öffnet sich, und eine weißgekleidete Frau kommt freudig auf uns zu: „Da seid ihr ja endlich!"

Begrüßungen sind immer ein besonderer Moment. Wir fühlen uns sofort vertraut mit Elena, ihre Herzlichkeit tut uns gut nach all dieser Irrfahrt (wir schätzen, es waren bestimmt weit über zwei Stunden).

Von nun an fühlen wir uns wie zuhause, – angekommen. – Und das Weitere ist kurz erzählt: Ein wundervolles vegetarisches Abendmahl ist vorbereitet, im Kreise der Familie (Elenas Ehemann ist dabei und ein erwachsener Sohn) können wir uns ganz dieser harmonischen Stimmung hingeben, in Ruhe erzählen, die köstlichen Speisen genießen, plaudern, entspannen, auch schon ein bißchen den morgigen Tag besprechen, den

Beginn des Seminars, und so endet dieser längste Tag (inzwischen ist es schon weit nach Mitternacht) mit einem tiefen Schlaf in dieser friedvollen Umgebung. Wir sind angekommen…

Nachtrag

Nach dem Erzählen dieses außergewöhnlichen Tagesverlaufs ist es wohl sinnvoll, einige Erläuterungen anzuschließen, um die einzelnen Ereignisse in ihrer Bedeutung zu verstehen. Damit möchten wir auch die Fragen beantworten, die vielleicht in euch aufgetaucht sind:

Was waren das für Jugendliche, die uns am Flughafen abholten? Warum wurde daraus so eine Irrfahrt? Was bedeutet das Ereignis im Bus mit dem geistig behinderten Kind? Was für eine Klinik hatte Elena? Wo und für wen wurde das Seminar gegeben? Welchen Sinn hatte die Fahrt mit Maestro Lin durch Buenos Aires mit den überraschenden Unterbrechungen, immer wieder neuen Verzögerungen? –

Vielleicht beginne ich mit dieser Fahrt: Im Nachhinein sehen wir darin eine merkwürdige Parallele zu der Fahrt mit den jungen Leuten in Santiago. Bei beiden „Erfahrungen" (im wörtlichen Sinn) ging es darum, sich in Geschehnisse zu fügen, auf die wir selbst keinen Einfluß hatten. Und es geht ja immer darum, etwas zu lernen: in diesem Fall Gelassenheit, Geduld, Vertrauen. Es ging ja doch auch immer wieder gut!

Die Begegnung mit der Behinderten und ihrer Mutter im Bus erscheint uns als eine Ankündigung, ein Hinweis auf später Folgendes: Elena hat nämlich (was wir erst am nächsten Tag erfuhren) eine Klinik für geistig behinderte Jugendliche.

Ihr seht, es gibt keine Zufälle, sondern nur „Koinzidenzen", – also sinnvoll sich ergebende Zusammenhänge. Wobei es darum geht, die Bedeutung jeweils herauszufinden; es hat wohl alles einen Sinn! (Dies ist unsere Erfahrung, auch wenn wir nicht immer gleich dahinter kommen.)

Und so erklärt sich auch die Irrfahrt durch Santiago, denn uns wurde klar, daß diese Jugendlichen auch zu Elenas Klinik gehörten und uns abholen durften, um sich zu bewähren. Sie haben diese Probe ja auch irgendwie bestanden, da wir ja auch tatsächlich am Ziel angekommen sind (Was bedeutet schon, in welcher Zeit?). –

Und das Seminar? Das ergab sich erst am nächsten Vormittag: Zuerst lernten wir Elenas Klinik kennen, einen einfachen Flachbau mit vielen Räumen, einem breiten Flur, der vielleicht als Raum dienen könnte für die Behandlungen. Als wir aber in direkten Kontakt mit den Patienten kamen (sie umarmten uns, gestikulierten, redeten drauflos), da wurde uns bewußt, daß diese die nötige Ruhe und Einsicht für das Seminar nicht aufbringen könnten.

Es deutete sich aber schon vorher, in der nächtlichen Runde beim Abendessen, eine Alternative an: Es war eine beredte, energiegeladene Frau dazu gekommen, eine Freundin von Elena mit Namen Mirta, die von ihrer

Meditationsgruppe sprach, die bestimmt auch gerne am Seminar teilnehmen würde, und Platz hätte sie bei sich zuhause auch (nur eine Viertelstunde mit dem Auto entfernt).

Und so fand das Seminar bei Mirta statt (einer Bienenzüchterin, die auch therapeutisch aktiv war und mit Honigprodukten wie Propolis arbeitete), in einem wunderschönen wilden Gartengelände.

Allerdings gestalteten sich die Umstände nicht gerade in der Ordnung, wie wir es gewohnt waren; sie mußte ja erst noch ihre Teilnehmer irgendwie telefonisch erreichen, sie also „zusammentrommeln", und es erschien auch ein älterer Mann, den Mirta auf der Straße „geworben" hatte, der sich nur aufwärmen wollte und froh war, bei dem einsetzenden starken Regen ein Dach über dem Kopf zu haben.

Ihr merkt, es ging in z.T. kurioser Weise weiter (es regnete auch rein, wir mußten auf den trockenen Plätzen zusammenrücken), aber wir waren froh, vor uns liebenswerte Menschen zu haben, die offenen Herzens an dem Seminargeschehen mit den Heilbehandlungen teilnahmen. So fand diese ungewöhnliche Reise, nach „dem längsten Tag", einen uns erfüllenden Abschluß. –

Und mit Mirta ging es zwei Jahre später noch weiter; sie lud uns aufgrund dieser ersten Begegnung zu sich ein, und da war alles gut organisiert, wir konnten bei ihr wohnen und staunten, wie schnell sich eine innige Freundschaft ergeben konnte.

Auch dies war wieder ein Zeichen, wie sich alles schließlich in harmonischer Weise zusammenfügt, wenn wir die Ereignisse voller Vertrauen sich entwickeln lassen, – also: geschehen lassen.

12. Unterwegs

„Wo sind wir denn jetzt?“

„Ja das überlasse ich deiner Vorstellungskraft. Öffne einmal langsam dein inneres Auge!“

„Oh, es erscheint tatsächlich etwas…“

„Und was siehst du?“

„Einen breiten, langen Gang, hoch oben eine Glasdecke, viele Menschen gehen hin und her, ganz geschäftig, zielstrebig, als ob jeder wüßte, wo er hin müßte.“

„Nun laß mal deinen Blick nach links schwenken!“

„Da sind viele Reihen Stühle, parallel angeordnet, viele Menschen sitzen da, als ob sie auf etwas warten…“

„Und noch weiter links?“

„Da ist eine hohe Glasfront mit einem Blick auf… Ja, das Bild klärt sich immer mehr, – und jetzt ahne ich es auch schon: Draußen stehen auf der großen grauen Fläche Flugzeuge, – wir sind also auf einem Flughafen!“

„Richtig! Und kannst du raten, auf welchem?“

„Ich schätze, irgendwo in Südamerika, aber das ist ja ein Riesen-Kontinent! Im Norden oder im Süden?“

„Im Süden.“

„Dann kann es nur Buenos Aires sein oder Santiago de Chile.“

„Ja, wir sind in Santiago.“

„Und was wollt ihr da?“

„Weiterfliegen! Dies ist nur eine Zwischenlandung. Jetzt ist ja bald Mittag, aber wir sind schon heute früh von

Quito, der Hauptstadt Ecuadors losgeflogen, mehrere Stunden immer nach Süden, über die Anden, die sich als schneebedecktes Hochgebirge von Nord nach Süd erstrecken, wie die Wirbelsäule Südamerikas."

„Und wohin soll es nun weitergehen?"

„Im rechten Winkel zu der bisherigen Flugrichtung, nach Osten."

„Also nach Argentinien?"

„Richtig, nach Cordoba, also wieder einige Stunden im Flugzeug. Und nun warten wir hier, daß unser Weiterflug bald aufgerufen wird."

„Dann gute Weiterreise!"

Nach diesem Gespräch sind wir wieder für uns, und nun beginnt das Warten. Es gibt dabei viel zu beobachten: die Menschen, ihre Gesichter, ihre Gemütsstimmung, ihre Kleidung, – und auf so einem internationalen Flughafen wie Santiago de Chile mischen sich viele verschiedene Nationen, und so erleben wir das Warten als ein spannendes Schauspiel, bei dem wir Zwei uns auf manche Kuriositäten hinweisen, auf Verhaltensweisen, auf die Art des Gehens, ob hastig oder gelassen, und so ist für uns dies bis jetzt noch recht kurzweilig.

Bis über eine Lautsprecheransage unser Flug genannt wird; wir werden aber um Geduld gebeten, der Abflug werde sich verzögern. Nun gut, das haben wir schon manches Mal erlebt. Aber diesmal ist von mindestens zwei Stunden die Rede.

Und ab dann vergeht die Zeit für uns mit anderen Empfindungen, mit mehr Anspannung, denn wir müssen in Cordoba vom Flughafen zum Busbahnhof, um dann noch etwa acht Stunden Richtung Norden zu fahren, bis nach Catamarca. Dort wird uns – so war die Reise in Quito geplant worden – Maria Alexandra abholen.

Wir kennen sie aus Quito. Sie ist mit einem Argentinier verheiratet, der nach einigen Jahren in Quito wieder in seine Heimat zurückwollte. So war sie mit ihm nach Catamarca gezogen, im Norden Argentiniens, und hatte uns nun eingeladen, dort mit unserer Gruppenarbeit zu beginnen. Sie hätte interessierte Freunde dort, und so hatten wir dies Angebot freudig angenommen.

Doch nun, da der Weiterflug noch nicht gesichert ist, steigt in uns die Angst auf, den Anschluß per Bus in Cordoba zu verpassen. „Es sind eure Sitzplätze schon bezahlt und reserviert", war uns gesagt worden. Und auf all unseren Reisen wurden wir immer getragen von dem tiefen Vertrauen, es würde schon alles gut gehen. Aber wenn wir nun in Cordoba nicht weiterkommen? Noch ist unser Abflug hier in Chile nicht bestätigt, und wie sollen wir Maria Alexandra die Nachricht zukommen lassen, daß wir vielleicht viel später kommen?

Sie geht ja von der verabredeten „normalen" Ankunftszeit im Busbahnhof in Catamarca aus. Wir haben von ihr keine Telefonnummer (es gibt auch noch keine Handys) und auch keine Adresse (so groß ist unser Vertrauen in den Ablauf unserer Reisen!).

Doch wir wissen auch, Befürchtungen helfen nicht weiter. So üben wir uns in Gelassenheit, lauschen auf die Durchsagen, ob etwas sich auf unseren Flug bezieht. Und tatsächlich werden wir aufgerufen (nach mehr als zwei Stunden, der Bus in Cordoba kann also schon gar nicht mehr erreicht werden), zu einem bestimmten Gate zu gehen. Durch die Glasscheiben sehen wir draußen auch ein bereitgestelltes Flugzeug stehen.

Die Zeit zieht sich weiter hin. Wir Beide haben Sitzgelegenheiten ergattert, von wo aus wir nach draußen schauen können, dorthin, wo das wartende Flugzeug uns ja hoffentlich bald weiter befördern wird.

Da sagt Ellinor unvermittelt: „Mit dem Flugzeug will ich nicht fliegen!" – Sie sagt dies so bestimmt, daß mir sofort bewußt wird: Das hat eine Bedeutung, das ist eine Vorahnung. Wie sollen wir uns nun verhalten? Stimmt mit dieser Maschine etwas nicht…?

Da ertönt wieder eine Lautsprecherdurchsage: Wir werden aufgefordert, unsere Bordkarten und Pässe bereitzuhalten und nacheinander an der Kontrollstelle vorbeizugehen, in den schmalen Gang, der direkt hinunterführt zum Flugzeug. Bangen Herzens, schicksalsergeben reihen wir uns ein in den Strom der Passagiere, innerlich um Licht bittend für diesen Flug.

Den weiteren Verlauf kennen wir: Bordkarten- und Personen-Überprüfung anhand des Passes, den schmalen Gang durchschreiten, Stau vor dem Eingang ins Flugzeug, höflich-freundliche Begrüßung, Sitzplatzsuche, Handgepäck in den Fächern verstauen (wir haben zum Glück auf dieser Reise nur unsere kleinen Flugzeugkoffer dabei, brauchen also keinen Koffer aufzugeben – wann würde der dann denn überhaupt ankommen?), ausatmend sich setzen, anschnallen, auf das Losrollen warten…

Wir kommen auch rückwärts ein Stückchen aufs Rollfeld gefahren – da hält das Flugzeug an, und zu unserer übergroßen Überraschung ertönt die Stimme des Kapitäns: „Ich möchte diesen Flug doch nicht mit diesem Flugzeug antreten."

Ellinor ist von einem freudigen Gefühl überwältigt: Ihre Vorahnung stimmte also! Unser inneres Flehen wurde erhört!

Wir fahren das kurze Stück wieder bis an die Gangway und sind vielleicht die einzigen, die über diese Wendung froh sind. Wieder „an Land" kommt die bange Frage: Wie und wann geht es weiter? Wir denken an die eigentliche Zeitplanung, die nun noch mehr aus den Fugen gerät. Und die arme Maria Alexandra, die uns vergeblich zum angekündigten Zeitpunkt in Catamarca erwarten wird! Noch steht ja der Flug nach Cordoba bevor, dann die stundenlange Busfahrt nach Norden.

Es drängt uns, Maria Alexandra irgendwie zu benachrichtigen. Es gibt nur eine Möglichkeit: Von hier aus ihre Schwester Marlitt in Quito anrufen, die ihre Telefonnummer in Catamarca sicherlich haben wird, um ihr mitzuteilen, wir kämen irgendwann sehr viel später.

Nach einigen Bitten ist in einem Büro jemand bereit (zu dieser Zeit sind Auslandsgespräche noch sehr umständlich herzustellen, Handys kennt noch niemand), in Quito anzurufen. Marlitt geht nicht ans Telefon, aber auf Band wird die Nachricht hinterlassen. So sind wir doch ein bißchen beruhigt und hoffen, daß Maria Alexandra noch rechtzeitig von unserer Verspätung erfahren wird, bevor sie zum Busbahnhof zu der ursprünglich angekündigten Ankunftszeit am Nachmittag aufbrechen wird.

Eine weitere Durchsage kündigt unseren endgültigen Abflug mit einer anderen Maschine an, aber erst nach wiederum zwei weiteren Stunden. Was für eine Reise! Zum Trost bekommen alle betroffenen Fluggäste einen Gutschein, um in einem der Flughafen-Restaurants eine Mahlzeit zu sich nehmen zu können. Das finden wir sehr großzügig und genießen dann auch dieses kulinarische Geschenk bei einem sehr freundlichen, plaudernden Gastwirt mit einem köstlichen, sehr vielfältigen vegetarischen Salat. Vielen Dank dafür!

Inzwischen fühlen wir uns wieder ganz gelassen. Wir können ja auch nichts ändern, müssen uns in Gleichmut üben. Mehr als den Anruf an Marlitt konnten wir nicht auf den Weg bringen. Und sind nun gespannt, was dieser Tag noch für uns bereithält.

Der Weiterflug nach Cordoba verläuft dann planmäßig, auch die Taxifahrt vom Flughafen zum Busbahnhof (immerhin eine halbe Stunde), aber die bange Frage bewegt uns doch: Wann kommen wir mit einem Bus bis Catamarca (acht Stunden Reisezeit!)? Noch heute?

Die Überraschung: Kaum am Busbahnhof angekommen, heißt es: In zehn Minuten geht der letzte Bus, er wird gegen Mitternacht am Ziel ankommen. Doch da kommt das große Problem: Wir müssen erneut für die Fahrt bezahlen. Wir haben nur US-Dollar bei uns (da wir aus Ecuador kommen, wo das die Währung ist), und am Busschalter dürfen sie nur einheimische Währung annehmen. Doch wo umtauschen? „Um die Ecke, gleich dort…"

Das Büro ist nicht besetzt! (Der Bus wird gleich abfahren.) Es wird gleich jemand kommen, heißt es; und tatsächlich: In letzter Minute Geld getauscht, wieder zum Busschalter, wo Ellinor mit den beiden kleinen Köfferchen wartet, Ticket gelöst, in den Bus rein, Tür zu, wir fahren…

Erleichtert sinken wir in die weichen bequemen Liegesitze dieses komfortablen Reisebusses, räkeln uns zurecht, wissen: Es liegen viele hundert Kilometer vor uns, immer nach Norden, immer geradeaus, auf ebener Strecke durch die argentinische Pampa. So erwarten wir jetzt nichts mehr, alles geht seinen Gang, wir lassen uns fahren…

… immer nach Norden, immer geradeaus…

Der Bus fährt recht leise, und so fühlen wir uns getragen, als ob wir dahinschweben, und das gleichmäßige Motorgeräusch trägt zur Entspannung bei, läßt uns schläfrig werden.

Doch noch ist es hell draußen, so interessiert uns weiterhin die uns umgebende Landschaft, auch, wenn sie weitgehend gleich bleibt: Sand, Steine, trockenes Gras, Büsche, einzelne Bäume, in der Ferne Hügel, gelbbräunlich (es ist Juni, also Winter hier, Trockenzeit), in noch weiterer Ferne Gebirge im bläulichen Dunst.

Die Sonne sinkt langsam tiefer, wird immer goldener. Die Atmosphäre verändert sich. Das goldene Licht wird immer intensiver. Ist das da draußen ein See, ein großer See, der das Licht reflektiert? Wir scheinen vollkommen von diesem goldenen Licht umgeben zu sein, haben nicht mehr den Eindruck, auf festem Boden zu fahren, sondern zu schweben.

Das Motorgeräusch ist auch kaum noch zu hören, unsere Wahrnehmung verändert sich, es erscheint alles immer unwirklicher: Es gibt nur noch dies goldene Licht, das uns umhüllt, durchdringt, bis wir schließlich uns wie in einer goldenen Stille befinden.

Wir schauen uns an, tauschen kurz diese unsere Erfahrung aus, die wir gemeinsam übereinstimmend erleben – es ist keine Täuschung, es ist Wirklichkeit; die Fahrgäste um uns schlafen. Erleben nur wir dies alles in dieser intensiven, transzendenten Weise?

Wieviel Zeit vergeht, wissen wir nicht. Die Dämmerung verändert die Szene. Nach und nach, mit herabsinkender Dunkelheit, scheint alles wieder normal zu werden.

So lassen wir dies Erlebnis noch in uns nachwirken, sind tief berührt, nach den Anspannungen des bisherigen Tages mit dieser Erfahrung beschenkt worden zu sein, und können nun auch, angesichts dessen, daß noch weitere Stunden Busfahrt vor uns liegen, uns dem Schlaf hingeben.

Es tauchen zwar noch in uns Fragen auf wie: Wird Maria Alexandra von ihrer Schwester in Quito die Nachricht von unserer Verspätung erhalten haben? Wird sie uns also am Busbahnhof (wahrscheinlich gegen Mitternacht) abholen? – Was, wenn nicht? – Aber wir schlafen ganz zuversichtlich mit dem Gefühl ein, es wird schon alles gut werden...

Wir werden erst wieder wach, als Stimmen draußen uns wecken und wir merken, daß der Bus nicht mehr fährt. Wir sind also schon da! Grelles Laternenlicht draußen, wir sehen einige wenige wartende Personen, und – oh Wunder! – tatsächlich steht dort auch Maria Alexandra, mit ihren drei kleinen Kindern sogar, über ihrem Arm hat sie zwei dicke Jacken, es ist sehr kalt hier, sie weiß ja nicht, wie wir gekleidet sind, aus dem warmen Ecuador kommend (wir haben aber vorgesorgt mit warmer Kleidung), und so ist alles nur noch gut, so ein herzlicher Empfang! So liebevolle Umarmungen!

Nur ihre kleinen Kinder tun uns ein bißchen leid, zu so später Stunde, nach Mitternacht, und bei dieser Kälte, aber Maria Alexandra sagt, sie freuten sich, uns wiederzusehen, und daß sie noch so lange aufbleiben dürfen, finden sie spannend.

Und dann beginnt auf der Autofahrt zu ihrem Zuhause das Erzählen, und diesen abwechslungsreichen Tag lassen wir Revue passieren: Quito – Santiago – Cordoba – die Busfahrt in den goldenen Schimmer, und nun Catamarca…

Was für ein Tag!

13. Der Kontrast

„Wo sind wir denn jetzt?"

„Ja, da mußt du dir vorstellen, daß wir um uns eine riesengroße Halle haben, eine Sporthalle. Wir sitzen mit 60 Personen auf weißen Plastikstühlen inmitten dieses leeren Raumes in einem großen Kreis. Unverputzte graue Betonwände, viele Meter hoch, umgeben diesen Raum. Der einzige Lichteinfall kommt von oben, wo ein flach gewölbtes Wellblechdach den Abschluß nach oben bildet. Es wird mit einem Abstand von etwa einem Meter über den Mauern von Stahlstützen getragen. So kommt alle Helligkeit nur von dort oben. Der Fußboden ist aus Holz. Die vielen Jahre der sportlichen Benutzung (wahrscheinlich bei Handballspielen) haben die Holzdielen in eine schmutzig-dunkle Oberfläche verwandelt."

„Und warum sitzt ihr da in dieser ungewöhnlichen Umgebung?"

„Nun, es ist uns diese Halle angeboten worden für unser Seminar. Zugegeben, wir wollten es auch erst nicht glauben, als wir hörten, wir dürften diesmal ins ‚Coliseo' (auf Deutsch, ‚Kolosseum'). Bisher waren es immer normale Räume gewesen, manchmal Wohnzimmer von unseren Freunden, die sie freigeräumt hatten. Doch diesmal? Dieser überdimensionale leere Raum? Wie werden wir uns darin fühlen und zurechtfinden?

Es erschien uns logisch, in der Mitte einen großen Kreis mit den vielen Teilnehmern zu bilden, um uns auf irgendeine Weise auf die Weite um uns zu beziehen und uns nicht zu sehr darin verloren zu fühlen."

„Und wie geht es nun weiter? Bisher war das ja nur eine Ortsbeschreibung. Doch worin besteht die Geschichte?"

Also gut, da muß ich ja wohl erstmal den Erzählrahmen erweitern über das Gebäude hinaus zur Umgebung: Häusergewirr ringsum, Straßenlärm, mitten in der tropisch-feuchtschwülen Stadt Santo Domingo in Ecuador.

Zum Namen eine Erklärung: „Santo Domingo" heißt auf Deutsch „heiliger Sonntag"; viele Orte in Lateinamerika haben solche Namen, z.B. in Bolivien „Santa Cruz", das heißt „heiliges Kreuz". Und zu dem Wort „Domingo" für Sonntag: Wörtlich übersetzt bedeutet es „Tag des Herrn" (lateinisch: dominus = Herr), und das paßt natürlich für diesen Tag besonders gut, und die Verbindung zum deutschen „Sonntag" ist der folgende biblische Satz: „Gott der Herr ist die Sonne, die mir Licht und Leben schenkt".

Nun also zu der Umgebung des „Coliseo": Straßengewühl, ratternde Lastwagen mit stinkendem Benzin, Lautsprecherwagen versuchen den Lärm zu übertönen (Propaganda für bevorstehende Bürgermeisterwahl), und inmitten all dessen sitzen wir im Kreis, umgeben von einem weiten leeren Raum, der uns schützend vor dem Getöse draußen umhüllt, und wo wir nun uns um innere Ruhe bemühen. Wenn es draußen so laut ist, muß es in uns still werden.

Doch es lohnt sich, die Szene noch genauer zu betrachten: Denn so still ist der Beginn des Zusammenseins überhaupt nicht, alle Teilnehmer müssen sich erst zurechtfinden, suchen sich ihren Platz im Kreis, Kinder toben um uns herum, von den Eltern mitgebracht im Glauben, daß dies ein Familienerlebnis werden wird. Ältere Männer haben eine Zeitung mitgebracht und lesen erstmal darin. Und bei all diesem unbekümmerten Verhalten wollen wir mit innerer Ruhe zu einem besinnlichen Beginn finden?

Die Begrüßung bedarf mehrerer Anläufe, bis die Teilnehmer sich bereit finden, mit entsprechender Aufmerksamkeit zuzuhören und so einem geordneten Verlauf des Seminars eine Chance zu geben.

Der Lärm dringt jedoch von draußen, wenn auch gedämpft durch die hohen Betonmauern, zu unserem Kreis. So ist dies nun eine sprachliche Herausforderung für uns, unsere Stimmstärke bei den einführenden Worten zu erhöhen, besonders langsam zu sprechen und uns auf die große Entfernung zu den gegenüber sitzenden Teilnehmern einzustellen. Hinzu kommt, daß unsere Stimme in der riesigen leeren Halle hallt, und so müssen wir erstmal ausprobieren, wie unsere Worte richtig verstanden werden können (und das auch noch auf Spanisch!).

Nach einer Phase der Anpassung an diese außergewöhnliche Situation (die um uns herum spielenden Kinder stören uns nicht) geschieht mit einem Mal etwas, was wir so noch nicht erlebt haben:

Ein tropischer Sturm bricht unvermittelt über den Ort herein, mit prasselndem Regen, starken Windböen, Blitz und Donner, Schlag auf Schlag. Der Regen stürzt wie ein Wasserfall auf das Wellblechdach über uns, und dies erzeugt so einen Lärm, daß wir nur wie erstarrt hier unten dies Naturgeschehen über uns ergehen lassen können.

Es ist auch sehr dunkel geworden, und so erschrecken uns die Blitze umso mehr, da sie einen grellen Kontrast von Hell und Dunkel um uns zaubern. In ununterbrochener Folge blitzt und kracht es, und das Tosen der Böen mischt sich mit dem Prasseln des Regens auf dem Wellblechdach.

Da hören und sehen wir, wie kreischende große Vögel oben durch den Freiraum zwischen Mauer und Dach hereingeflattert kommen, um sich hier in Sicherheit zu bringen. Dies verstärkt noch mehr die Dramatik dieses Geschehens. Die vorher wild tobenden Kinder haben sich an ihre Eltern gekuschelt.

Wir schauen uns um im Kreis und staunen, wie ruhig und gelassen alle dasitzen. Ihnen ist dies grandiose Schauspiel vertraut in diesen tropischen Breiten. – So können wir nur dem Ganzen seinen Lauf lassen und dies Wettergeschehen sich austoben lassen.

Wie lange dies andauert, ist für uns bedeutungslos: Wir erleben es mit allen Sinnen, empfinden uns ganz klein, voller Achtung vor der Gewalt der Natur. –

Irgendwann beruhigt sich das Geschehen, die Tages-Helligkeit ist zurückgekehrt, die Vögel flattern wieder nach draußen, die Kinder gehen freudig ihren

Spielen nach; es ist ja auch genug Platz für sie in dem großen Raum um uns.

So kann das Seminar seinen gewohnten Lauf nehmen. Das Erlebnis dieses Naturereignisses hat sich jedoch in uns eingeprägt als eine weitere besondere Erfahrung innerhalb all dessen, was das Leben uns schenkt.

„Und wie ist diese Geschichte zu verstehen unter der Überschrift ‚Der Kontrast‘?“

Ja, es geht jetzt nämlich noch weiter. Dies ist ja erst der erste von zwei Seminartagen. Und eine Teilnehmerin wendet sich am heutigen Tagesende an uns und meint, die Situation in dieser großen Halle, dem „Coliseo“, sei ja nicht gerade ideal (ich habe nicht erwähnt, daß die Toiletten kaum zu benutzen sind, da schon von weitem der Geruch uns davon abhält), und sie sei bereit, am nächsten Tag ihr Haus uns zur Verfügung zu stellen, weil es da viel schöner, idyllischer (und auch hygienischer) sei als diese Umgebung.

Freudig nehmen wir diese Einladung an. Und was uns am nächsten Tag erwartet, ist wiederum eine große Überraschung (im positiven Sinn) für uns: ein großes Gartengelände außerhalb von Santo Domingo mit üppiger Vegetation, Büschen, Blumen, Bäumen, einzelnen pavillonartigen Gebäuden, mit überdachten Wegen verbunden, darüber ein strahlend-blauer Himmel mit sanft dahinziehenden weißen Wolken – wirklich ein Paradies –, und wir dürfen hier, im Freien, an der frischen Luft den zweiten Teil des Seminars beginnen? Das kommt uns wie ein Traum vor.

Wir versuchen mit Worten unserer Gastgeberin gegenüber auszudrücken, wie sehr wir uns hier wohlfühlen und wie dankbar wir ihr sind.

Auch den Teilnehmern merkt man die Freude über den Ortswechsel an; viele von ihnen haben bestimmt noch nicht so ein prächtiges Anwesen kennengelernt. Staunend wird erst einmal alles in Augenschein genommen: die wunderschöne Gartengestaltung mit der tropischen Pflanzen-Vielfalt, die Planung der Wege, kleine Hinweisschilder führen zu den Toiletten (Marmorwände, vergoldete Wasserhähne) – kurzum, einen größeren Gegensatz zu der Umgebung am gestrigen Tag können wir uns kaum vorstellen.

So bekommt dieser Tag einen fröhlichen Charakter, und der Seminarverlauf ist auch geprägt von Heiterkeit und Harmonie. Einige Eltern haben sogar zusätzlich ihre heranwachsenden Kinder mitgebracht, und so erleben wir hier in familiärer Atmosphäre, wie reich uns das Leben beschenken kann und welchen Wert jeder Tag hat.

Denn auch der gestrige Tag ist tief in unserem Gedächtnis eingeprägt – wenn auch beide Tage von uns als großer Kontrast erlebt werden –, jeder aber auf seine Weise als einzigartig und bedeutsam.

14. Drei Leben

„Hier können Sie nicht zelten! Das ist viel zu gefährlich!"

Wir schrecken zusammen. Wir haben ihn gar nicht kommen hören; wir waren mit dem Auspacken beschäftigt, auf diesem schmalen Weg inmitten des bolivianischen Urwaldes, waren nur ein kurzes Stückchen in diesen Seitenweg hineingefahren, dichtes Gebüsch links und rechts, und dachten uns da ganz sicher, um nach einer langen Fahrt durch die östliche Tiefebene Boliviens hier in Zelten zu übernachten.

„Nein, hier sind Sie nicht sicher!" hören wir wieder die Stimme des kleinen stämmigen Mannes, der da hinter uns diesen Weg gegangen kommt. Hinter ihm sehen wir nun auch seinen abgestellten Jeep. Er spricht Deutsch, mit österreichischem Akzent. Das vermittelt uns ein Gefühl der Sicherheit.

Daß wir auf dieser Fahrt in den „Oriente", den östlichen Teil Boliviens, der an Brasilien grenzt, sehr aufpassen müssen und es schon manchen Raubmord in dieser einsamen Gegend zwischen den beiden Ländern gegeben hat, wußten wir. Doch hier nun kommt also jemand, der uns offenbar warnen möchte, wohl „zufällig" im rechten Moment, um uns vor einer Gefahr zu bewahren.

Diese Begegnung ist für uns umso überraschender, da in den letzten Stunden durch dichten Urwald uns so gut wie niemand begegnet ist, und da ist dieser Mensch nun plötzlich da, freundlich, ruhig, wie eine Erscheinung. Und natürlich möchten wir erst einmal wissen, wer er ist. Er stellt sich vor als „Hans Roth", Architekt, der hier in dem großen Urwaldbereich die kleinen Dorfkirchen betreut, Dorfkirchen in den einsam verstreut liegenden Missionssiedlungen, die im 17. Jahrhundert von den Jesuiten gegründet worden waren.

„Das ist eine wundervolle Aufgabe!" erzählt er. „Ich arbeite mit der indigenen Bevölkerung zusammen, die mit alten traditionellen Werkzeugen sich sehr gut auf Holzbearbeitung versteht, und die Kirchen sind vorwiegend aus Holz. Vor allem die gedrechselten Säulen sind jede für sich ein Kunstwerk, und im Rahmen eines österreichischen Projektes leite ich im nächsten Ort eine Werkstatt für dieses Handwerk."

Da verstehen wir, daß ihm diese Gegend wohl vertraut ist. – Und welchem Zufall verdanken wir, daß er uns entdeckt hat? – „Ungewöhnliche Reisende wie Sie fallen immer auf! Und da ich um die Gefahren hier weiß, ist es meine Pflicht, Sie sicher zu geleiten. Wohin wollen Sie denn?" – Ja, und nun nennen wir unser Ziel, nämlich die Hazienda von Hans Ertl, bekennen aber auch, daß wir nicht genau wissen, wie nahe wir diesem Ziel sind.

„Oh, das ist nur noch eine halbe Stunde von hier. Ich kenne ihn gut, und umso besser ist es, daß ich Sie nun bis dahin führen kann. Denn er läßt nicht ohne Weiteres einen jeden auf sein Grundstück. Es könnte sein, daß er Sie mit einem Maschinengewehr in der Hand empfängt. Ich werde also langsam vorausfahren, um Sie bei ihm anzukündigen. Aber wer sind Sie denn?"

So entwickelt sich das Gespräch weiter. Wir stellen uns vor als Deutsche, die zur Zeit in La Paz leben, der Großstadt da oben auf der Hochebene, dem Altiplano in den Anden in 4000 Meter Höhe. Sechs Personen sind wir: ein befreundetes Ehepaar, er Geologe, mit ihrer 16-jährigen Tochter, und wir Beide mit unserem Sohn Gerrit.

(In Bolivien fahren wir aus Sicherheitsgründen auf langen Strecken immer mit zwei Autos, falls mit einem davon mal was passiert. Es gibt in diesem Land, das von der Fläche her dreimal so groß ist wie Deutschland, nur sieben größere Städte – La Paz, die größte, hat zwei Millionen Einwohner – und sonst nur weit verstreut kleinere Orte, Dörfchen oder einzelne Gehöfte. Da gibt es Gegenden, in denen ein Mal die Woche vielleicht ein Lastwagen vorbeikommt.)

Die Idee für diese Reise hatten wir schon lange, denn der Osten Boliviens, der „Oriente", mit seinen Jesuiten-Siedlungen und den berühmten Holzkirchen war uns als besonderes Ziel empfohlen worden.

Und nun steht vor uns derjenige, der diese Holzkirchen so gut kennt und sogar für ihre Restauration, also Bewahrung für die Nachwelt, zuständig ist!

Der Besuch von Hans Ertl fügt sich nahtlos in den Plan dieser Reise; von ihm hatten wir schon so Manches gehört, und seine Hazienda liegt auf dem Weg dorthin. Außerdem habe ich seine 16-jährige Enkelin Andrea im Unterricht an der Deutschen Schule in La Paz, sie hat uns sehr ans Herz gelegt, ihren in dem abgelegenen Gebiet einsam lebenden Großvater auf jeden Fall zu besuchen.

Das würde ihm guttun, und er würde sich sicherlich über Besucher aus Deutschland sehr freuen.

Ob er sich nun wirklich freuen wird, erscheint uns aufgrund der Worte von Hans Roth etwas fraglich – hinsichtlich der Art und Weise, wie er Besucher empfängt (mit Maschinengewehr)…

So vertrauen wir uns dem Architekten an, der hier einfach so aufgetaucht ist, um uns sicher ans Ziel zu geleiten. Ein holpriger Weg führt zwischen hohen Bäumen hindurch, in vielen Biegungen, windet sich lange dahin („eine halbe Stunde" zählt hier wohl anders), bis wir an einen hohen rotbraunen Felsen gelangen. Dort müssen wir wohl abbiegen, denn dieser markante Punkt war uns in einer Wegbeschreibung genannt worden. Dies Gestein ist nämlich ein Dolerit, und wir wissen, daß die Hazienda von Hans Ertl „La Dolorida" heißt.

Tatsächlich biegt Hans Roth vor uns nach rechts ab, in einen kaum erkennbaren, dicht bewachsenen schmalen Weg, gerade breit genug, um einen Jeep durchzulassen. Hier hält unser Begleiter an und bittet uns zu warten, bis er mit der erlösenden Antwort zurückkäme, daß Hans Ertl uns Einlaß gewähren würde.

So sind wir mit einem Mal wieder für uns, umgeben von dichtem Urwald mit seinen Gerüchen, seiner feuchten Luft, die wir im Unterschied zu der dünnen trockenen Luft in La Paz (wegen der Höhe) als wohltuend empfinden und immer wieder tief ein- und ausatmen, -- und seinen Geräuschen.

Vorher war uns nicht bewußt gewesen, wie laut Urwald ist: ein lautes Konzert verschiedenartigster Vogelstimmen, Insektensummen (auf der Hinfahrt sind wir durch ein sumpfiges Gebiet gekommen, in dem die Mückenschwärme um unsere beiden Autos herum wie eine undurchdringliche Wolke schwirrten, so daß wir gar nicht aussteigen konnten), und ab und zu das Gekreisch von Affen. Am lautesten sind die Papageien (eine kleine grün-goldene Spezies), wenn sie als Schwarm über uns hinwegfliegen.

Wir sind erleichtert und froh, als wir Hans Roth zurückkommen sehen und wie er dabei mit seinen winkenden Armen signalisiert, daß wir willkommen sind. Voller Erwartung fahren wir die verbleibenden hundert Meter durchs Gebüsch und gelangen auf eine große Lichtung, eine Wiese; geradezu sehen wir das Gebäude der Hazienda, und davor steht eine Gestalt, – eine imponierende Gestalt, so wie wir uns einen echten Bayern vorstellen (Hans Ertl ist nämlich Bayer): groß, aufrecht, mit Rauschebart, braungebranntem Gesicht, mit Augen, aus denen Lebensfreude strahlt, die Arme uns entgegenstreckend – was für ein herzlicher Empfang!

Daß wir uns hier auf besonderem Boden befinden, wird auch dadurch noch unterstrichen, daß neben ihm sich ein großes Schild befindet, auf dem steht (wir können es kaum glauben): „Freistaat Bayern"! Und das hier mitten im bolivianischen Urwald! – Wo sind wir? Was für eine kuriose Welt!

Da sind wir vorgestern von Santa Cruz im östlichen Tiefland Boliviens aufgebrochen, davor zwei Tage bereits unterwegs gewesen, von La Paz im Hochgebirge der Anden über abenteuerliche serpentinenreiche Strecken immer tiefer, durch den Nebelwald, und nun hier am Ziel angekommen, der Bleibe von Hans Ertl, dem „Freistaat Bayern". Da hat sich also hier jemand aus Heimatliebe (kann man es so nennen?) ein eigenes Reich geschaffen, und wir sind tief angerührt, an diesem besonderen Ort als Gäste so herzlich begrüßt zu werden.

… und davor steht eine Gestalt, -- eine imponierende Gestalt…

Hans Roth, der uns bis hierher sicher geführt hat, sieht seine Aufgabe als erfüllt an und verabschiedet sich von uns; er werde in seiner Werkstatt erwartet. So danken wir ihm für seinen Einsatz und sind überhaupt für diese Begegnung, die wir als Fügung empfinden, sehr dankbar. Der Architekt lädt uns dann noch ein, nach unserem Aufenthalt bei Hans Ertl ihn in seiner Werkstatt zu besuchen (wir würden „geradeaus" irgendwann garantiert dorthin gelangen) und er würde uns alles zeigen: wie die Kirchen restauriert werden, wie die wundervoll geschnitzten Holzsäulen (jede individuell gestaltet) aus Baumstämmen entstehen, wie geschickt die indigene Bevölkerung die handwerklichen Tätigkeiten in alter Tradition ausführt...

Wir sind begeistert von dieser Aussicht, so fachmännisch, so kompetent von dem Leiter dieses Projekts, Hans Roth selber, all dies kennenlernen zu dürfen. So ist das Verabschieden gleichzeitig eine Verabredung für eine wunderbare Fortführung dieser Reise.

Doch nun begeben wir uns ganz in die Hände von Hans Ertl. Seine Gastfreundschaft zeigt sich darin, daß er eine Tapir-Pizza zubereiten läßt (er hat eine Gehilfin aus Deutschland für seinen Haushalt). „Tapir-Pizza"? – Ja, er hat einen Tapir selber geschossen (Urwald-Wildschwein), und das geräucherte Fleisch soll nun der Pizza den besonderen Geschmack verleihen.

Wir werden von Hans Ertl nun auch herumgeführt, lernen seine Hazienda kennen, das flache schlichte

Hauptgebäude, davor ein großer überdachter Bereich, der als Wohn- und Eßzimmer dient. Bei den feucht-schwülen Temperaturen hier kann man immer draußen sitzen.

Und in diesem Vorraum wird nun der Tisch gedeckt; die deutsche Gehilfin freut sich, mit deutschen Besuchern plaudern zu können, Neuigkeiten auszutauschen (es ist dies eine Zeit noch lange vor Handys) und uns von dem Leben hier zu erzählen. „Aber wartet mal ab, was Hans euch aus seinem Leben erzählen wird! Ihr werdet staunen!"

Das klingt sehr verheißungsvoll, sind wir doch auch deswegen gekommen, weil um diesen Mann herum sich viele Geschichten ranken, aus den verschiedenen Phasen seines an Abenteuern reichen Lebens, und nun würden wir von ihm selbst in der authentischsten Art und Weise viel erfahren...

So sind wir voller Spannung, Vorfreude, es dämmert inzwischen, Kerzen werden angezündet, die Pizza ist fertig, wir genießen erst einmal dieses Mahl, Rotwein gibt es dazu, und daß die Nacht lang werden wird, ist uns bewußt...

Und so beginnt Hans Ertl mit seinen Lebensgeschichten: Er wächst in Bayern auf, wird geprägt von der Lebensweise dort, wandert, geht hoch in die Berge, möchte immer höher hinauf, ist begeisterter Wanderer und „steigert" sich zu einem bekannten Bergsteiger; wird berühmt, als er im Himalaya als erster den Sia Kangri (7422 m) ohne Sauerstoffgerät besteigt.

Seine Augen leuchten, als er uns diesen Höhepunkt seiner Bergsteiger-Karriere anschaulich schildert. Wir merken ihm an, wie stolz er damals war, als er die Spitze des Sia Kangri als erster erreicht und den Triumpf auskostet, seinen englischen Konkurrenten (seinen Namen habe ich mir nicht gemerkt) hinter sich gelassen zu haben. Mit einem bayerischen jauchzenden Jodler von dort oben hinunter zu dem Verfolger läßt er seinen Gefühlen freien Lauf.

Wir können uns seine Siegerpose gut vorstellen, sehen wir ihn doch jetzt beim Erzählen vor uns, wie er wieder in dieser Erinnerung voller Begeisterung auflebt.

Er ist auch derjenige, der dann angefangen hat, die Bergbesteigungen zu filmen, um einer breiten Öffentlichkeit die Welt der Berge näherzubringen. So ist er als Kameramann mit einer deutschen Bergsteigergruppe auf den Nanga Parbat (8125 m) gestiegen, um über diese Expedition einen Dokumentarfilm zu drehen (der später prämiert wurde).

Er wird dann Vorbild für Reinhold Messner, leitet ihn an, bei dessen Bergtouren ohne Sauerstoffgerät spannende Filme zu drehen, die in aller Welt Anerkennung finden und Bewunderung auslösen.

Dieser Lebensabschnitt erscheint uns schon als sehr angefüllt mit spannenden Erfahrungen, Erfolg und Ruhm. – Aber er hört gar nicht auf zu erzählen und kommt zu der Berliner Zeit, als das politische Leben vom Nationalsozialismus geprägt wird. Seine filmische Erfahrung kommt zum Tragen, indem er als Kriegsberichterstatter arbeitet, für die Wochenschau, zunächst an vorderster Front in Rußland, später unter Rommel in Nordafrika.

Da werden wir mit einem Mal von einem lauten Geklapper erschreckt, so, als ob Porzellanschalen übereinander purzeln. Hans Ertl reagiert lachend und freut sich, diese Unterbrechung erklären zu können: „Ach, das sind nur meine Katzen! Die spielen Spülmaschine!"

Wir wenden uns um: Tatsächlich sehen wir viele Katzen (wir hören: es sind zehn) sich über die abgestellten Teller hermachen, sie ablecken, und offensichtlich schmecken ihnen die Reste der Tapir-Pizza sehr.

Nach diesem Intermezzo hören wir ihm weiterhin fasziniert zu, und er ist immer mehr in seinem Element, hat er doch vor sich gebannt lauschende Zuhörer. Wir können uns bei seinen anschaulichen Schilderungen all die Abenteuer gut vorstellen: Schnee und Eis und Schlamm in Rußland, Wüste und Hitze in Nordafrika, und er mittendrin am Filmen.

So können wir davon ausgehen, wenn wir heutzutage in einem historischen Rückblick Ausschnitte aus den damaligen Wochenschauen als Dokumente sehen, daß Hans Ertl für Vieles davon der Autor ist.

Aus seiner Art des Erzählens können wir nicht darauf schließen, inwieweit er persönlich von den dramatischen und bestimmt auch schrecklichen Ereignissen des Krieges emotional betroffen war. Er ging wohl vollkommen in der Aufgabe auf, das Geschehen filmisch festzuhalten, ohne innere Beteiligung, so objektiv wie möglich. Was dann die Propaganda mit dem Filmmaterial machte, was ausgewählt wurde, wie es kommentiert wurde, dafür war er ja dann nicht mehr verantwortlich.

Uns gehen bei seinen Erzählungen viele Gedanken durch den Kopf, schildert er doch so eindringlich, daß wir uns mit einbezogen fühlen. – Ein Höhepunkt seiner filmischen Karriere ist dann der Auftrag, 1936 mit Leni Riefenstahl zusammen den Olympia-Film zu drehen. Hans Ertl kann sich in erstaunlicher Weise an viele Einzelheiten erinnern: welche Idee er zum Beispiel für den Beginn des Films hatte. Der Vorspann beginnt mit der weltbekannten griechischen Statue des Diskuswerfers, als stehendes Bild, bis die Gestalt dieses antiken Athleten durch Überblendung sich verwandelt in einen lebendigen Diskuswerfer, der in einem Übergang vom Statischen zum Dynamischen den Wurf schließlich ausführt (eine geniale Idee, finden wir).

Die Nacht ist schon weit vorangeschritten mit diesen Erzählungen. Doch Hans Ertl kommt nun noch zu seinem „dritten Leben": die Auswanderung nach Bolivien, hier in diesen entlegenen Urwald, als Züchter einer kleinen Rinderherde, mit einer kleinen bescheidenen Hazienda, umgeben von ursprünglicher Natur, wilden Tieren wie Leoparden, Schlangen, Affen, Papageien, Tapiren, Schmetterlingen – eine Vielfalt dessen, was die Schöpfung für den Menschen bereithält.

So sind wir mit seinen Erzählungen nun hier in dieser Gegenwart angelangt, in dieser Umgebung, die wir auf uns wirken lassen mit ihren Lauten, Gerüchen, optischen Eindrücken…

Auf dem Tisch vor uns flackern Kerzen, Insekten schwirren darum herum. Wir werden nicht müde, ihm weiter zuzuhören über das Leben hier, wie ihm eine Leopardin ein Kalb gerissen hat, wie er eine große Anakonda gefangen hat (er will sie uns in einem Gehege morgen zeigen), und dann kommt noch eine spannende, fast mystische Geschichte:

Eines Tages kommen Arbeiter, die für ihn weiter innen im Urwald, bei einem riesengroßen Ceibo-Baum, dichtes Gestrüpp aufräumen sollen, laut schreiend zu ihm gerannt und berichten außer Atem von einem „Ungeheuer" hinter einem umgestürzten Baumstamm. Er ergreift sein Gewehr, rennt mit den Arbeitern zu der Stelle (er will sie uns morgen zeigen); eine schlammige Suhle für Tapire befindet sich vor dem liegenden Baumstamm, und was nur noch feststellbar ist, ist die Spur einer Riesenschlange, einer mächtig-gewaltigen-Riesenschlange, die ihren Abdruck hinterlassen hat, sich aber schon längst wieder „weggeschlängelt" hat.

Die Arbeiter berichten, sie hätten plötzlich hinter dem Baumstamm einen riesengroßen Kopf, wie einen Drachenkopf, auftauchen sehen und hätten vor Schreck nur noch ihre Werkzeuge wegwerfen und zu Hans Ertl rennen können.

Ihm werden die Zusammenhänge klar: Daß hier an dieser Suhle die Tapire sich ab und zu einfinden (er selber schießt sie als Nahrung; wir haben ja die Tapir-Pizza probiert) und diese Riesenschlange sich auch hier bedienen wollte. Es hatte zur Zeit stark geregnet; so war der kleine

Fluß (ein Zufluß zum Amazonas) am Rand seines Geländes angeschwollen, und – was sehr selten passiert – es kann dann mal eine der sehr ungewöhnlichen Riesenschlangen (bis zu zwölf Meter lang!) bis hierhergelangen, und die Tapire sind eine lohnende Beute; mit einem Happs können sie verschlungen werden.

So klärt sich für Hans Ertl dies Ereignis, das seine Arbeiter so sehr in Schrecken versetzt hat. Er weiß, diese „Monster" sind mit einem Gewehr nicht zu erlegen, man kann nur Reißaus nehmen.

Was er uns aber dann in diesem Zusammenhang erzählt, klingt wirklich mystisch: Als er noch in Berlin lebt, also in den Dreißiger Jahren, bekommt er von einer Wahrsagerin folgende Ankündigung: Sie sähe Hans Ertl in einer Urwald-Umgebung (zu der Zeit denkt er überhaupt nicht an Auswandern), und eine braune riesengroße Schlange, vor der er sich in Acht nehmen müsse!

Daß sich dies nun hier auf seinem Grundstück tatsächlich bewahrheitet – wenn er auch heil davongekommen ist, aber er hat die Spur gesehen, so breit wie ein dicker Autoreifen, sagt er, – daß sich dies also tatsächlich bewahrheitet, läßt ihn an mehr glauben, als wir im Alltag normalerweise für möglich halten.

Diese Geschichte berührt auch uns sehr; wenn es ein bißchen ins Mystische geht, spitzen wir gern unsere Ohren besonders.

Ja, und nach dieser Geschichte ist Hans Ertl auch bereit, uns in Nachtruhe begeben zu lassen. Er gibt dazu einige Hinweise: Drüben in der Hütte könnt ihr schlafen, drinnen sind auf Pritschen Matratzen, ihr könnt aber auch an frischer Luft unter dem Vordach schlafen, da stehen auch Liegen, und zum Klo müßt ihr quer über die Wiese, da ist ein Klohäuschen, hebt aber erstmal den Deckel hoch, um zu sehen, ob eine Schlange im Becken ist!

Das sind ja Aussichten! Wir ziehen vor, unter dem Vordach zu schlafen, in eigenen Schlafsäcken (drinnen riecht es modrig-feucht); allerdings werden wir nachts wach, weil wir den Eindruck haben, ein feiner Nieselregen würde auf uns herabrieseln (am nächsten Morgen gibt uns Hans Ertl lachend die Erklärung: Unter dem Vordach hängen viele Fledermäuse, und die pinkeln eben auch mal…), und als dann der Schlaf sich unser bemächtigt, klingt in uns noch vieles nach – diese drei so unterschiedlichen Lebensabschnitte, dieser Hans Ertl mit so viel Lebensenergie, Erfahrungen und einem so guten Gedächtnis, um uns dies alles so lebendig zu veranschaulichen, es uns miterleben zu lassen…

Trotz all der Urwaldgeräusche um uns schlafen wir gut. –

Und wie geht es weiter? Das überlassen wir der Zukunft. Erstmal wollen wir schlafen nach diesem langen und inhaltsreichen Tag. Es ist ja auch schon nach Mitternacht…

Teil 3

15~21

15. Der rollende Stein

„Meint ihr, es nähert sich der richtige Zeitpunkt?"

Isabel schaut uns erwartungsvoll an, – ja, erwartungsvoll, voller Erwartung, denn sie hat (zusammen mit ihrem Mann Ernesto) schon viele Jahre an den Lichtenergie-Kursen teilgenommen, ist Schritt für Schritt weitergegangen, und möchte nun auch selber Lehrerin werden (Ernesto auch). Da bedarf es einer abschließenden Einweihung, und da wir diesmal wieder bei ihr zu Gast sind, traut sie sich, vorsichtig dieses Thema zu berühren: Wann und wo kann die Einweihung stattfinden?

„Ja, der Augenblick ist gekommen!" sagt Ellinor. Sie wird diese Einweihung übermitteln, und so geht es um die richtige Umgebung, den Ort mit der entsprechenden Schwingung für dieses weihevolle Geschehen.

„Wir könnten eine kleine Wanderung unternehmen," schlägt sie vor, „wie wär's mit der Stelle an dem Gewässer in dem Tal, zu dem wir schon manches Mal gewandert sind?"

Isabel ist begeistert von dieser Idee und kann sich diesen Ort sofort vorstellen: „Ja, mitten in der Natur, umgeben von den hohen Bergen ringsum, – ich bin schon in Gedanken dort!"

Und wir Vier (Isabel, Ernesto, Ellinor und ich) machen uns auch gleich auf den Weg. Einmal entschieden soll aus der Idee Wirklichkeit werden.

Ihr werdet bestimmt wissen wollen, wo wir überhaupt sind, in einer Landschaft mit einem Tal, einem

Gewässer, hohen Bergen: Nun, wir sind in Peru, in den Anden, im heiligen Tal der Inkas, dem Urubamba-Tal (übersetzt: „Tal des Lichtes") in 2700 m Höhe, und die Berge ringsum ragen bis zu 6000 m empor.

Das Tal mit dem Gewässer biegt seitlich vom Urubamba-Tal ab; die Wanderung wird etwa eine Stunde dauern, ständig ansteigend, an den Hängen Terrassen aus der Inka-Zeit, Bauern lassen von Ochsen ihren Pflug durch die fruchtbare Erde ziehen, Mais, Tomaten, Kartoffeln, Erbsen wachsen üppig in diesem Klima, alles duftet nach frischer Erde, nach Fruchtbarkeit: Wir erleben dies auf unserer Wanderung als Geschenk der Schöpfung.

In dieser Höhe, dieser reinen, klaren Luft sind unsere Sinne ganz wach; in unserer Wahrnehmung können wir alles bewußter erfahren; alles erweitert sich. Hochgemut, leise plaudernd, eingestimmt auf das bevorstehende Ereignis, steigen wir auf dem steinigen Boden voran, wissen: Wir streben einem Ziel entgegen, einem Abschluß – der gleichzeitig ein Neubeginn sein wird, – ein Neubeginn, der mit neuer Verantwortung verbunden sein wird.

Ein Bach begleitet uns; sanft strömend kommt er uns entgegen, kristallklares Wasser, gespeist von den Gletschern der Sechstausender. Das Geräusch des Sprudelns mischt sich mit den vielfältigen Lauten von Vögeln in dieser dschungelähnlichen Vegetation. Mal führt der Pfad direkt am Bach entlang, mal leitet er uns seitlich durch dichtes Gebüsch, dann wieder öffnet sich die Vegetation mit dem Blick auf Felsen und einen hohen

Abhang links; oben ragen Eukalyptus-Bäume in den blauen sommerlichen Himmel.

… ein Bach begleitet uns, kristallklares Wasser, gespeist von den Gletschern der Sechstausender…

Als sich dann vor uns eine freie Fläche auftut und der Bach in einer Senke ein flaches breites Gewässer bildet, wissen wir: Wir sind da! Rechts ist der Pfad begrenzt von einer steilen Geröllhalde, links auf der anderen Seite des Gewässers ist ein Wiesenstreifen, der uns einlädt, dort uns niederzulassen. So waten wir durch das knietiefe Wasser hinüber: Es ist eiskalt (kommt ja auch direkt aus dem Hochgebirge) und strömt angenehm erfrischend an unseren Beinen vorbei (barfuß, Hosen hochgekrempelt).

Wir schauen uns um: Wo ist die geeignetste Stelle für die Einweihung? Ellinor wählt einen mit weichem Gras bewachsenen Platz aus, auf dem ein großer Felsbrocken liegt, der genau die richtige Höhe besitzt, um als Sitzplatz zu dienen. Denn Beide, Isabel und Ernesto, brauchen für die Zeremonie eine Sitzgelegenheit.

So ist also schon einmal für Isabel gesorgt. Woher den zweiten Sitz nehmen? – In dem Moment werden wir auf ein Geräusch aufmerksam, das von der Geröllhalde kommt: Es hört sich an, als ob etwas in Bewegung kommt, sich ein Felsbrocken löst. Unser Blick wird dorthin nach oben gelenkt, und tatsächlich sehen – und hören – wir, wie dieser Brocken an Geschwindigkeit zunimmt und mit immer lauterem Prasseln und immer schneller werdend schließlich in Sprüngen den Steilhang hinuntersaust – in unsere Richtung.

Wir haben gar keine Zeit, über dies Geschehen angstvolle Gedanken zu verlieren, als der Gesteinsbrocken auch schon auf der uns gegenüberliegenden Seite des Gewässers aufprallt. Er wird doch dort wohl zum Stillstand kommen und nicht bis zu uns gelangen?

Was dann geschieht, ist für uns atemberaubend: Wir können mitansehen, daß er so viel Schwung hat, daß er über das Gewässer hinüberspringt, auf uns zu, dabei kleinere Brocken um sich werfend, und dicht vor uns schließlich zum Liegen kommt.

Das alles geschieht in so kurzer Zeit, daß wir nur mit offenem Mund und ungläubigem Blick, ohne dem Lauf des Geschehens Einhalt gebieten zu können, wie erstarrt dastehen, – bis sich unsere Anspannung löst und wir uns nur noch beglückwünschen können, so beschützt worden zu sein, denn jetzt erst werden wir uns der Gefahr bewußt, in der wir uns befunden haben.

Da liegt nun dieser große Gesteinsbrocken auf dem wiesigen Untergrund, dicht bei uns, und wo ist er zum Liegen gekommen? Genau neben dem anderen Stein, der als Sitz für Isabel bestimmt ist, – und was sagt Ellinor da, ganz unbekümmert und voller Gleichmut: „Da haben wir ja den zweiten Sitz, den für Ernesto!" – Das folgende gemeinsame Lachen löst alle Spannung, und alles Weitere ist schnell erzählt: Die Einweihung der Beiden kann, nach diesem Zeichen des Behütetseins, in Ruhe und Dankbarkeit geschehen.

Ringsum sind die Klänge der Natur, der Tiere, der Pflanzen, und der Bach rauscht gleichmäßig neben uns abwärts, unaufhaltsam, wie die Zeit…

16. Am Mittag

„Das hat ja schon wieder mit Zeit etwas zu tun! Eine andere Geschichte hieß ja ‚Der längste Tag‘, und jetzt geht es nur um die Mittagsstunde?"

„Richtig, denn da kann auch viel geschehen: Die Sonne steht am höchsten, strahlt viel Energie auf die Erde, und da können wir besonders aufnahmefähig sein für…" –

„Ja, wofür denn?"

„Warte ab, du wirst gleich sehen, wie unser Blick erweitert werden kann, besonders, wenn wir in 3000 m Höhe in einsamer Gegend in den Anden sind, in Ecuador, also in dem Land, das auf der Äquatorlinie liegt und wo die Sonne mittags fast immer senkrecht über uns steht…" –

„Wir also an einer besonderen Ausstrahlung teilhaben?"

„Ja, so ist es."

Und nun zur Geschichte, einer kleinen, kurzen. Wir sind mit einer kleinen Gruppe in den Bergen unterwegs (Marlitt, Marcia, Ellinor und ich), haben das Auto weiter unten abgestellt, um einen grasbewachsenen Berg zu besteigen, nicht als ein besonderes Ziel, sondern nur, um eine kleine Wanderung zu unternehmen, in dieser dünnen Höhenluft langsam voranschreitend, zwischen den hohen gelben Grasbüscheln einen Weg suchend, senkrecht über uns die Mittagssonne mit stark wärmenden Strahlen. Mützen schützen uns vor der hohen UV-Strahlung.

Der Aufstieg ist beschwerlich, es weht auch ein kalter Wind. Wir werden für unsere Mühe belohnt durch einen beeindruckenden Rundum-Blick über tieferliegende grüne Täler und hochaufragende schneebedeckte Vulkane.

Einem gemeinsamen Impuls folgend sucht sich jeder von uns, als wir auf der Kuppe angekommen sind, wortlos einen Platz zum Ausruhen, zum Liegen zwischen den Grasbüscheln, die den Rücken abpolstern. So schmiegen wir uns an den Erdboden, nehmen die Energie von Mutter Erde (der Pachamama, wie sie in Südamerika heißt) in uns auf, unsere Lungen füllen sich mit der klaren, reinen Hochgebirgsluft.

Alles atmet Stille. Nur das leise Säuseln des Windes in den Grasbüscheln erreicht unsere Ohren, und so bemächtigt sich unser eine schläfrige Entspanntheit.

Und dies ist nun der besondere Moment, in dem Ellinors Blick sich öffnet für eine andere Welt: Mit geschlossenen Augen sieht sie vor sich eine niedrige Steinmauer, und mit einem Mal erscheinen kleine Wesen, die die Steinblöcke wie Schiebewände beiseite schieben, zu ihr hinschauen und dabei freche Grimassen schneiden.

Sie weiß: Es gibt diese Welt der Elementarwesen, der Zwerge, der Gnome, und hier sieht sie nun diese quirligen Wesen tatsächlich am Wirken, und offensichtlich sehen diese auch sie, denn sie necken sie mit schelmischem Gesichtsausdruck, sind unbekümmert frech.

Ellinor ist erstaunt über diesen Einblick in eine offensichtlich auch vorhandene Welt. Und noch stärker berührt fühlt sie sich, als sie sieht, wie über dieser Szene große lichte Wesen einherschreiten und mit ihren Händen einen Segen verteilen – für die Elementarwesen, die Natur und auch uns Menschen.

Als sie uns diese Erfahrung erzählt, sind wir angerührt in dem Bewußtsein, eingebunden zu sein in ein größeres Geschehen: Alles ist durchwirkt von vielfältigem Leben, nicht nur, wie wir es mit unseren fünf Sinnen wahrnehmen können, sondern auf anderen Wirklichkeitsebenen. Und diese Erweiterung unseres Verstehens empfinden wir als beglückend.

Wir übrigen Drei erzählen uns nun auch unsere Erfahrungen in dieser Mittagsstunde: Jeder von uns ist tief eingetaucht in eine wundersame Ruhe, einen inneren Gleichklang, und wir spüren, wie es ist, sich dem Fluß des Lebens hinzugeben, ohne Erwartung, ohne Absicht – einfach nur sein…

Schweigend steigen wir wieder den Abhang hinunter. Nach kurzer Wegstrecke erkennt Ellinor in Mauerresten einer Ruine genau die Steine, die sie zuvor als innere Erfahrung gesehen hat.

Und sie fragt sich: Wie ist das möglich? Sind die kleinen Wesen weiterhin da, nur daß ich sie jetzt mit wachen Tagesaugen nicht sehen kann? Beobachten sie uns, sind genauso schelmisch wie vorher, strecken uns vielleicht sogar die Zunge raus? Ätsch, wir sind da, es gibt uns! –

Mit solchen Gedanken schaut Ellinor fasziniert die Steine an, in gebannter Erwartung, ob sie wieder beiseite geschoben werden. Doch es rührt sich nichts.

So bleibt uns nur, den Hang weiter hinunterzusteigen, innerlich angerührt von dieser

Erfahrung, und so freuen wir uns über diesen Einblick in eine erweiterte Wirklichkeit.

Wir sind nicht allein…

17. Die Wand

„Wo gibt es denn die Formulare für die Paßkontrolle?"

Es bewegt mich nichts mehr als diese Frage; ich habe nichts anderes im Kopf. Wir stehen am Ende einer langen Schlange von Wartenden, vor acht Schaltern auf dem Flughafen in Buenos Aires (übersetzt: „Gute Lüfte"), sind gerade, aus Europa kommend, nach 14 Stunden Non-Stop-Flug in der Hauptstadt Argentiniens gelandet und wollen nun ordnungsgemäß ins Land gelassen werden, wozu eben auch Paßkontrollen gehören.

Bisher gab es dafür im Flugzeug vor der Landung entsprechende Formulare. Doch diesmal wurden sie nicht verteilt! Ein Versehen? – Es passierte schon Mal, daß man sich selber darum kümmern mußte, sie „an Land" irgendwo zu bekommen, was für unsere Nerven nicht so gut war, haben uns die Kontrollen und das Warten doch viel Geduld abverlangt.

Vor uns stehen viele in Schlängelreihen; da ist ja wohl Zeit genug, sich um die Formulare zu kümmern. (Ihr merkt, sie gehen mir nicht aus dem Kopf.) Hinten links, außerhalb der Absperrungen, sehe ich einen offiziellen Bereich mit Personen in Flughafenkleidung hinter einem Tresen. Die müssen doch Bescheid wissen.

„Wo gibt es denn die Formulare für die Paßkontrolle?" – Kein anderer Gedanke ist in meinem Kopf, und so strebe ich zügigen Schrittes dorthin. Den kleinen Handkoffer habe ich Ellinor übergeben. „Warte hier, ich bin gleich wieder da!" sage ich noch, und dann bin ich auch schon auf dem Weg, schnurstracks zu dem einen Ziel: „Die da werden ja wohl Bescheid wissen!"

Und dann geht alles sehr schnell: Mit beschleunigten Schritten bin ich kurz vor besagtem Ziel, als diese Zielstrebigkeit sehr abrupt und schmerzhaft unterbrochen wird. Im ersten Moment ist mir nicht bewußt, was geschehen ist, doch der Sachverhalt ist eindeutig: Zwischen mir und den angestrebten Personen ist eine Glastür, gegen die ich mit ungebremstem Schwung gerannt bin.

Sie kippt leicht aus den Angeln und ich stehe da, mehr als verdutzt, kann das Geschehene nicht gleich einordnen, spüre nur einen Schmerz auf Stirn und Nase, bin immer noch in dem Gedanken: „Wo gibt es denn die Formulare für die Paßkontrolle?" und stelle laut (wie in Trance) diese Frage an das Personal, nachdem ich irgendwie in den Bereich hinter der Glastür gekommen bin (es gibt eine zweite Hälfte).

Und dieses arme Personal ist durch den Knall des Aufpralls meines Kopfes an der Glastür zusammengeschreckt, muß selber erst einmal begreifen, was da geschehen ist, und kann sicherlich nicht meine Frage einordnen. Es sind zwei jüngere Frauen, die sofort sich ihrer Verantwortung bewußt werden und wissen, sie müssen sich um mich kümmern. Denn für sie sieht es nach einer Verletzung aus, und dafür ist die Flughafenärztin zuständig, vor allem, um zu untersuchen, wie schwerwiegend ich vielleicht betroffen bin.

Da merke ich auch, daß meine Nase blutet, und bestimmte Schmerzen werden jetzt auch bewußter. So soll ich mich in einem ruhigen Nebenraum erst einmal in einem bequemen Sessel ausruhen. Ellinor ist sofort herbeigeeilt, hat den Knall gehört, sitzt nun neben mir, stellt besorgte Fragen, und während die Ärztin telefonisch herbeigerufen wird, bekomme ich von dem sehr freundlichen Personal ein Glas Wasser. Das tut gut.

Es gehen uns natürlich in diesem Moment viele Gedanken durch den Kopf: Wie sehr wird jetzt die Paßkontrolle verzögert? Draußen wartet Albert, der uns immer abgeholt hat, und wenn es zu lange dauert, wird er sich Sorgen machen. Die Verletzung selbst ist für mich gar nicht so wichtig. Ich bin ganz zuversichtlich, daß es so schlimm nicht sein wird. (Nase gebrochen? Gehirnerschütterung? Nein, sicherlich nicht!)

Mit Ellinor an meiner Seite bin ich sowieso inzwischen wieder zur Ruhe gekommen. Die Ärztin ist auch schnell zur Stelle, mit einer Begleitperson, die einen Behandlungskoffer trägt. In fürsorglicher Weise werde ich untersucht: Nase abgetastet, Blut abgewischt, verbunden, Fragen zu meinem Befinden gestellt, und das Ergebnis bestätigt uns: Es ist alles in Ordnung, also noch glimpflich davongekommen.

Und der weitere Verlauf? Die Formulare spuken immer noch in meinem Kopf herum; da kommt die erlösende Antwort: „Die gibt es nicht mehr!“ Wir werden also einfach so, nur mit den Pässen, durch die Kontrolle kommen? Und die langen Schlangen vor uns, und der arme, auf uns wartende Albert draußen?

Und auch das regelt sich auf wunderbare Weise: Wir dürfen, in Begleitung des netten Personals, links an der Schlange vorbei zu einer für uns jetzt „privaten" Kontrollstelle gelangen (die sonst für diplomatisches Personal vorgesehen ist), wo eine Polizeibeamtin die Formalitäten erledigt, uns nach Hotel bzw. Unterkunft in Buenos Aires fragt, die entsprechende Telefonnummer wissen möchte, und als ich ihr Alberts Nummer gebe, erzähle ich ihr noch, wer dieser ist, nämlich ein wunderbarer Mensch, der sein Leben lang auf dem Gebiet das Klanges forscht und selber Klangschalen entwickelt hat und herstellt; dies erzähle ich der Polizistin (in gehobener Stimmung, da alles sich so gut entwickelt hat), während sie unsere Pässe abstempelt, (sicherlich mich sehr wunderlich findend, mit verbundener Nase, und was vorher vorgefallen ist, ist ihr auch mitgeteilt worden). –

So sind wir nun offiziell in Argentinien eingereist. Das Personal von zu Beginn begleitet uns noch zur Kofferausgabe (immer noch sich verantwortlich fühlend) und dann nach draußen in das Gewühl der dort Wartenden: Und wer steht da gleich direkt vor uns? Albert! – Etwas irritiert durch mein Aussehen, aber das Personal an unserer Seite erklärt kurz das Vorgefallene; so ist Albert beruhigt, und erst jetzt entläßt uns die freundliche Begleitperson, weiß sie uns ja nun in guten Händen. – Und Alberts langes Warten? – „Nein, ihr seid vollkommen pünktlich! Herzlich willkommen!"

Damit könnte diese Geschichte beendet werden.
„Herzlich willkommen!" ist ja auch ein schöner Schluß.
Doch es ist uns danach ein rätselhafter Zusammenhang in
den Sinn gekommen: Zwei Wochen vor dieser Reise haben
wir im Fernsehen einen Film gesehen mit dem Titel „Die
Wand".

Und das in fast unheimlicher Weise
Übereinstimmende dabei ist, daß es dabei auch um eine
Glaswand geht, eine riesige, unsichtbare, unüberwindliche
Grenze zwischen zwei Welten, einem Innen (wo sich die
Hauptperson des Films befindet) und einem Außen, in dem
die Zeit stillsteht.

Sie, die tragische Gestalt der Geschichte, kann diese
Grenze nicht überwinden, selbst ihr Hund hat sich bei dem
Versuch, diese sie einschließende Grenze zu durchbrechen,
eine blutige Schnauze geholt, und draußen sieht sie die von
ihr aus weiterführende idyllische Berglandschaft, mit einem
Hof, Menschen, die aber in ihrer Bewegung erstarrt sind (so
wie bei Dornröschen!); selbst das Wasser, das aus einer
Pumpe fließt, ist in der Luft erstarrt – wirklich ein surrealer
Film.

Und zwei Wochen später renne ich gegen eine
Glastür, nur, weil ich unbedingt nach Formularen fragen
will, die – wie sich dann herausstellt – gar nicht mehr nötig
sind. Wie merkwürdig! –

18. Im Bus

„Das kommt mir aber bekannt vor: ‚Im Bus'. Da war doch was in Santiago de Chile, als ihr am Flughafen abgeholt worden wart und auf einer Irrfahrt zwischendurch in einem Bus so einiges miterlebtet, nicht wahr?"

„Ja, das war so. Aber jetzt sind wir in Argentinien, und das Erlebnis ist ganz kurz und ganz anders als damals."

„Da bin ich aber gespannt und höre gern zu, auch, wenn es nur kurz ist."

Na, so ganz kurz ist die Geschichte auch nicht, denn man muß ja erstmal zu dem Moment kommen, der dann der entscheidende ist, also der, weswegen wir dies erzählen möchten. Und in Argentinien mit dem Bus unterwegs zu sein bedeutet, sich von vornherein auf viele Fahrstunden einzustellen, in diesem riesigen Land, von Feuerland und Patagonien im Süden bis an die nördliche Grenze zu Bolivien, eine Strecke von 6000 Kilometern!

Und irgendwo dazwischen sind wir nun also unterwegs, in einem bequemen Reisebus, allerdings mit Klimaanlage, die uns ein bißchen frösteln läßt, und mit einem Fernseher, der ununterbrochen mit voller Lautstärke merkwürdige Filme zeigt.

So sind wir darauf eingestellt, unsere Augen und Ohren zu schonen, uns im Abschalten zu üben und mit Gelassenheit die Stunden fließen zu lassen, mit dieser leicht wiegenden Bewegung des gut gefederten Busses, immer gleichmäßigem Motorengeräusch (wohltuend gleichmäßig neben den chaotischen Fernsehgeräuschen), immer geradeaus auf den sich schnurgerade hinziehenden Landstraßen, links und rechts mit vergilbtem Gras bewachsene Pampa, ohne zu erwarten, irgendwo anzukommen...

... immer gerade aus auf den sich schnurgerade hinziehenden Landstraßen, ohne zu erwarten, irgendwo anzukommen....

So dämmern wir ein; eine wärmende Wolldecke hilft uns dabei. – Wir werden wach, als wir die gewohnte gleichmäßige Geschwindigkeit nicht mehr körperlich spüren; der Bus beginnt, seine Fahrt zu verlangsamen, um schließlich zum Halt zu kommen. Draußen sind Stimmen zu hören, es klingt geschäftig; wir sind an einem Rastplatz angekommen: Fahrerwechsel, Ein- und Aussteigen, also Unruhe.

Neugierig schauen wir nach draußen. Einfache niedrige Gebäude säumen den Straßenrand. Wir halten auf einem kleinen sandigen Platz. In der Mitte, umgeben von ein paar Blumen, steht ein Denkmal, irgendein Mensch in heroischer Pose. Der Platz wird auf einer Seite begrenzt von einer etwa zwei Meter hohen Mauer. Wir können darüber hinausblicken auf ein großes freies Gelände, das auf der anderen Seite von hohen, streng aussehenden Gebäuden begrenzt wird. Monoton aneinander gereihte Fenster erwecken den Eindruck einer Kaserne.

Und tatsächlich sehen wir auf dem freien Platz vor den Gebäuden einen Trupp Soldaten exerzieren: wie sie auf (für uns nicht hörbare) Befehle reagieren, ruckartig die Richtung wechseln, starr stehen bleiben, in Trab übergehen… ein Schauspiel, das wir einige Minuten verfolgen.

Und dann schweift unser Blick von außen nach innen, zum Fernseher über dem Mittelgang im Bus, und – wir trauen unseren Augen nicht – wir sehen dieselbe Szene, wie sie sich draußen abspielt, als Film wiedergegeben: Dieselben khakifarbenen Kampfanzüge, auch so ein Trupp beim Marschieren, auf Befehle reagieren…

Wir können es kaum glauben, schauen immer wieder nach draußen, vergleichen es innen mit dem Fernsehfilm – ; es ist so, als ob die Szenerie draußen live übertragen wird – und wir Zeugen sind von diesem unwahrscheinlichen Zusammentreffen von zwei Wirklichkeiten: Was ist echt? Sind die da draußen auch nur in einem Film, und wie real erleben wir das Gefilmte hier innen, hier im Bus? Alles nur Illusion? –

Die Wirklichkeit holt uns ein, indem der Bus sich wieder in Bewegung setzt, die Szenerie draußen also unseren Blicken entschwindet und auch der Fernsehfilm ist zu einer anderen Szene gewechselt – auch wieder synchron.

Wir können nur staunen und uns weiterhin dem Bus anvertrauen, immer weiter, immer geradeaus, können uns in der bald wieder gleichbleibenden Geschwindigkeit dem schläfrigen Entspannen hingeben, um über das eben Erlebte nachzusinnen, bis wir eindämmern… und zu träumen beginnen… wovon…?

19. Die Begegnung

„Das muß ja etwas Besonderes sein, wenn ihr daraus eine Geschichte macht! Wir begegnen doch ständig jemandem, ohne daß wir das gleich aufschreiben. Was ist also das Bemerkenswerte an dieser Begegnung?"

„Nun, du wirst verstehen, daß wir das nicht gleich zu Beginn offenbaren wollen. Alles hat ja eine Entwicklung, und gerade bei dieser Geschichte gibt es verschiedene Phasen, bei der die eine die nächste vorbereitet. Und wir selbst wußten ja auch bei den ersten Hinweisen noch nicht, was sich daraus ergeben würde."

„Hinweise? Also Andeutungen von etwas, was eure Aufmerksamkeit erregte und dadurch zu dieser Begegnung führte?"

„So ungefähr. Auf jeden Fall gehört immer eine innere Bereitschaft, eine Offenheit dazu, auch eine Wachheit, um die Zeichen zu erkennen, im Alltäglichen das Besondere zu erspüren und dann darauf einzugehen und so die Chance zu nutzen, die das Leben für uns bereithält."

„Das klingt ja direkt philosophisch. Ist damit auch schon ein bißchen die Richtung angedeutet, die diese Begegnung charakterisiert?"

„Ja, denn was wir jetzt erzählen werden, ist mit normalem Alltagsverständnis in seiner Bedeutung nicht zu verstehen."

„Erzählt ihr es denn so, daß ich es verstehen kann?"

„Wir können es wahrheitsgetreu nur so wiedergeben, wie wir es tatsächlich erlebt haben. Wie du es dann in deine eigenen Lebenserfahrungen einordnest und vielleicht auch Zusammenhänge zu Selbsterkanntem sehen kannst, das liegt ja ganz bei dir!"

„Unser Gespräch kommt mir wie ein Prolog vor, und ich glaube, daß ich mich nun recht gut auf eure Geschichte einstellen kann und genügend vorbereitet bin auf vielleicht Unerwartetes und Ungewöhnliches."

„„Unerwartet' ist das richtige Wort, denn so ging es uns auch, als diese Begegnung sich anbahnte. Alles begann mit einer Überraschung."

„Einer freudigen Überraschung?"

Ja, aber nun möchten wir beim Erzählen in die Gegenwart gehen und noch einmal, Schritt für Schritt, das Erlebte lebendig werden lassen.

Es ist Frühling. Vögel zwitschern, erstes Grün zeigt sich in unserem Garten, die milden Temperaturen laden ein, die Winterkleidung wegzulegen, unser Körper freut sich über die wärmenden Sonnenstrahlen, alles atmet Frische, Neubeginn. Wir genießen diese Jahreszeit sehr nach einem kalten Winter, hier im Norden in Nordfriesland. Vor allem, wie die Tage immer länger werden und das Licht zunimmt.

Wir erleben dies nun schon den zweiten Frühling. Vor anderthalb Jahren sind wir aus Bolivien zurückgekehrt. Dort gibt es so gut wie gar keine Jahreszeiten, weil es relativ dicht am Äquator auf der Südhalbkugel liegt.

Und so konnten wir dort auch nicht erleben, wie eine Jahreszeit die andere ablöst, mit deutlichen klimatischen Unterschieden und vor allem Stimmungen, -- Stimmungen, die hier in unseren nördlichen Breitengraden besonders intensiv erlebbar sind in den Morgen- und Abendstunden: der langsame Beginn oder der Ausklang des Tages, wofür wir das schöne Wort „Dämmerung" haben.

In Bolivien ist es nach Sonnenuntergang innerhalb einer Viertelstunde dunkel. Darauf trifft die Formulierung zu: Die Nacht bricht herein. Doch hier bei uns gleiten wir langsam in der Abenddämmerung (die beliebtesten Fotos sind Sonnenuntergänge) von der Tagesaktivität in etwas energetisch ganz Anderes; wie ein behutsames Ausatmen empfinden wir diesen Übergang in die Nacht, die Zeit der Ruhe, des Ausruhens, des Zu-sich-Kommens.

Bolivien hat uns gelehrt, uns seelisch und körperlich auf einen anderen Tages- und Jahresrhythmus einzustellen und auch wertzuschätzen: die Wintermonate dort (von Mai bis Oktober) mit einem immer wolkenlosen, strahlend-blauen Himmel, die klare, reine Hochgebirgsluft (wir lebten in fast 4000 Meter Höhe in La Paz, der größten Stadt Boliviens), der nächtliche Sternenhimmel mit der deutlich sichtbaren Milchstraße und dem markanten Sternenbild des Kreuzes des Südens, – all dies bewahren wir in uns als erlebte Vergangenheit (damals Gegenwart).

Doch nun sind wir hier, atmen die frische Frühlingsluft und erleben den Beginn dieser Jahreszeit mit allen Sinnen, innerlich erfüllt von dem Empfinden eines neuen Aufbruchs.

Nach den fünf Jahren in Bolivien kommt uns dies Leben, hier jetzt wieder in Deutschland, sowieso wie ein Neubeginn vor, als eine neue, andere Phase in unserem Leben. Dies hat sich auch darin gezeigt, daß neue Aufgaben in unser Leben getreten sind: Ellinor widmet sich dem Yoga, und gemeinsam haben wir mit einer Meditationsgruppe hier bei uns im Reetdachhaus begonnen.

Dies hat sich schon im letzten Jahr unseres Bolivien-Aufenthaltes angebahnt, als wir in La Paz eine einheimische spirituelle Gruppe kennengelernt hatten. Wir fühlten uns dort wie zuhause, mit sehr viel Übereinstimmung mit dem, was wir früher hier in Meditationskursen erfahren hatten.

Für uns waren die Übungen und Inhalte dort eine Erweiterung und Vertiefung von dem, was vorher schon unser innerer Anstoß gewesen war: Wie kann ich zu mir selbst finden? Was ist noch dahinter – hinter diesem Alltagsleben? Wie kann ich das, was ich intuitiv empfinde, einordnen in einen höheren, einen geistigen Zusammenhang?

Viele dieser Fragen waren dann keine Fragen mehr, sondern eine innere Erfahrung, eine Gewißheit. So konnten wir von dort einiges mitnehmen, was sich hier auffüllte und uns in dem Beschluß bestärkte, mit einer kleinen Gruppe, so ganz im Stillen, zu beginnen.

Dies ergab sich nahtlos, da Freunde aus früheren Zeiten nach unserer Rückkehr uns fragten, was wir denn dort erlebt hätten. So verabredeten wir uns mit ihnen, und schon nach wenigen Wochen trafen wir uns zum ersten Gruppenabend; mit uns waren wir sieben Personen.

Und dann kommt (endlich!) der Zusammenhang zu der eigentlichen Geschichte. Ich spüre deine Ungeduld, doch diese Vorbemerkungen sind nötig, um den weiteren Verlauf besser zu verstehen. Denn das hat alles mit dem in

Bolivien Erfahrenen und Gelernten zu tun und mit der Gruppe dort und unserer neuen Gruppe hier.

Nach der ersten Gruppe fügte es sich, daß bald weitere Freunde und Bekannte sich meldeten (es hatte sich im Stillen herumgesprochen), und so ergab sich die zweite Gruppe. Aus bestimmten inhaltlichen und methodischen Gründen war es sinnvoll, sich ein halbes Jahr regelmäßig wöchentlich zu treffen, um so kontinuierlich zu einem Grundverständnis aufgrund gemeinsamer meditativer Erfahrungen zu gelangen.

Und nun können wir tatsächlich nach dieser inhaltlichen Vorbereitung die Geschichte in der Gegenwart ihren Lauf nehmen lassen.

Es klopft an unserer Tür. Brigitta, eine Teilnehmerin der zweiten Gruppe, möchte uns etwas erzählen. Wir bitten sie herein. Sie ist aufgeregt, freut sich schon darauf, was wir wohl dazu sagen würden, was sie uns kundtun möchte, was sie vor Kurzem erlebt und was mit der Gruppenarbeit zu tun hätte:

„Stellt euch vor, was passiert ist. Ich besuche einen guten Bekannten in Flensburg, der ist Arzt, und der erzählt mir, daß in letzter Zeit manchmal zwei Griechen in seine Praxis kommen, einfach so, unangemeldet, sind nicht seine Patienten, und die setzen sich da hin und singen auf Altgriechisch gregorianische Gesänge! Ganz laut, der eine ist Opernsänger, der andere Architekt, lebt in Schweden, ist aber nur jetzt mal da. Und die Beiden sind auch noch Zwillinge, und die sagten vor Kurzem zu ihm, dem Arzt: ‚Wir kennen uns aus der RAMA-Zeit!‘ Was sagt ihr dazu?“

Das Wort „RAMA“ löst in uns eine so große Überraschung aus, daß wir uns erst einmal fassen müssen und einen Moment vor Staunen nicht reagieren können. Doch dann überhäufen wir Brigitta mit Fragen und bedrängen sie, dies Geschehen nochmal so genau wie möglich zu erzählen.

„Ja,“ sagt sie, „die kommen einfach rein, singen laut und sagen diesen Satz!“

„Und weiß dein Bekannter, was das bedeutet und warum sie zu ihm kommen?“

„Nein, der ist vollkommen perplex und kann sich keinen Reim darauf machen.“

„Und wie hast du darauf reagiert?“

„Na, ihr könnt euch ja vorstellen, was das Nennen dieses Wortes bei mir auslöste. Ich bin ja seit Kurzem in einer Meditationsgruppe, und die heißt ja…“

(An dieser Stelle muß ich beim Schreiben dieser Geschichte Brigittas Wortfluß unterbrechen – es geht aber gleich weiter, – nur, um euch, die ihr dies lest, nicht zu sehr im Rätsel stehen zu lassen. In Bolivien wurde nämlich diese Gruppe „RAMA“ genannt und dazu erklärt: Es geht um Lichtarbeit. Im Ägyptischen bedeutet „RA“ die Sonne und „MA“ die Erde; – also: „Licht auf die Erde“. Und diesen Namen hatten wir nun auch hier in Deutschland für unsere Gruppe übernommen, da wir in der Art und Weise wie dort die Meditationsmethode fortführen.)

Nun kann Brigitta weiterreden: „… und die heißt ja ‚RAMA‘“. Das Mysteriöse an dieser Mitteilung ist, daß hier in Deutschland niemand dieses Wort (als Bezeichnung einer Meditationsgruppe) kennt und wir ganz im Stillen in kleinem Kreis uns treffen. Und da sind nun die zwei Griechen (woher sie auch kommen mögen und warum) und sprechen Brigittas Bekannten in dieser Weise an, und der fragt ausgerechnet Brigitta als eine unserer Teilnehmerinnen, was das denn bedeuten soll, und die ist natürlich äußerst verwundert, daß mit einem Mal gewissermaßen von außen ein rätselhafter Zusammenhang zu uns entsteht durch die Worte: „Wir kennen uns aus der RAMA-Zeit!"

Und sie kann dann, nun zum Erstaunen des Arztes, sagen, daß sie selber an einer Gruppe teilnimmt, die sich so nennt. Und Brigitta erzählt uns weiter, daß er daraufhin sehr interessiert daran war, uns kennenzulernen, um mehr darüber zu erfahren, was der Hintergrund von all dem ist, also die Bedeutung vielleicht zu verstehen.

So, dies ist der erste Teil der Geschichte. Zu Beginn haben wir ja von „verschiedenen Phasen" gesprochen; nun kommt die zweite. Brigitta lädt den Bekannten zu uns ein. Es kommt zu einer Begegnung, bei der wir, beim gemütlichen Teetrinken, von unseren Erfahrungen in Bolivien berichten und was das Anliegen dieser Meditationsgruppe ist. Er hört sich dies an, es ergibt sich aber daraus kein weiterer Kontakt.

Was aber dennoch sehr bemerkenswert ist bei dieser Zusammenkunft, daß der Arzt uns erzählt, auf der Hinfahrt zu uns sei in seinem Auto das Deckenlämpchen angegangen und er hätte es nicht ausstellen können. (Zu Beginn haben wir das Wort „Zeichen" gebraucht, und dieser Vorgang ist sicherlich so ein Zeichen, da es ja auch um „Licht" geht.)

Und nun zum dritten Teil: Der Arzt erzählt den beiden Griechen, als sie wieder einmal kommen, daß es hier eine Gruppe mit diesem Namen gibt, er selbst habe uns besucht. Daraufhin äußern die Griechen den Wunsch, zu uns zu kommen.

So ergibt sich eine weitere Zusammenkunft: Der Arzt kommt mit seiner Lebensgefährtin, Brigitta ist natürlich auch dabei, dann die beiden Griechen, und wir Zwei, zusammen also sieben (auch wieder eine bemerkenswerte Zahl; so ist alles in Ordnung!).

Es ist Sonntag, ein heißer Juni-Tag. Am frühen Nachmittag fahren unsere Gäste vor, in insgesamt drei Autos: Brigitta für sich, dann das Ärzte-Paar, und die Griechen in einem weißen Mercedes. Wir haben eine lange Auffahrt, so finden alle darauf gut Platz.

„Sie kommen, sie kommen!" ruft Ellinor. Natürlich sind wir aufgeregt, sind wir doch gespannt, was das für mysteriöse Griechen sind, die von RAMA wissen, sogar von der „RAMA-Zeit" sprechen und nun, aus welchem Grund auch immer, hierher wollen. Was bedeutet das alles?

Ellinor eilt nach draußen, den langen Weg vor unserem Haus bis zur Auffahrt, um alle zu begrüßen. Ich bin kurz hinter ihr, aber noch im Haus bleibe ich wie erstarrt stehen: Über unserem Eßtisch im Wohnzimmer läuft ein Wasserstrahl von oben, unter einem der Deckenholzbalken hindurch über eine Kette, an der eine Tiffany-Lampe hängt, nach unten und plattert auf den

Tisch. Ich traue meinen Augen nicht! Und das in dem Augenblick, in dem wir unsere Gäste begrüßen wollen!

Ich rase wie im Traum nach oben, wo das Wasser durch die Decke kommen muß, und sehe dort unsere verängstigte Siam-Katze Gala hocken, die eine große Bodenvase umgestoßen hat bei dem Versuch, an die hohen buschigen blühenden Gräser zu gelangen. So ist dies also die Erklärung! – In Eile trockne ich unten auf dem Tisch mit einem Lappen das Wasser weg, und – es ist für mich ein Wunder – alles noch rechtzeitig, bevor die Gäste eintreten.

Ich lasse mir nichts anmerken, doch in meinen Gedanken wirbelt es: Was ist das für ein Zeichen, just in dem Moment, wo wir diesen besonderen Besuch erwarten? Was hat die Katze dazu veranlaßt, gerade dann dies zu verüben?

Für die Beantwortung bleibt keine Zeit. Die Begrüßung ist sehr herzlich; wir sehen nun endlich die realen Griechen: zwei kräftige Männergestalten, als Zwillinge sofort erkennbar, leichte weiße Sommerkleidung, verschmitzte, fröhliche Gesichter.

Hinsichtlich der Verständigung stellt sich nun heraus, daß wir sehr gut hinhören und schnell aufnehmen müssen, denn der Eine spricht ein sprudelndes Gemisch aus Deutsch, Neugriechisch und Englisch (der Opernsänger, wie sich herausstellt), der Andere nur Neugriechisch. Wie wir daraus heraushören können, wußte der Arzt nicht mehr den Weg zu uns, doch die Griechen hatten ihn intuitiv gewußt und hierhergefunden (es sind 35

Kilometer). Und es ist die Rede von Weihrauchduft, den sie auf der Fahrt wahrgenommen hätten. (Ellinor hat tatsächlich vorher einige Spezereien zur Aromatisierung der Luft angezündet.)

Unsere Gäste wollen sofort zur Tat schreiten, d.h. zu einem intensiven Austausch kommen und über alles reden, was der Anlaß dieser Begegnung ist: „RAMA". So versammeln wir uns oben im „Tee-Eckchen", wie wir es nennen, auf bequemen Sitzgelegenheiten um einen niedrigen Glastisch herum. (Wir kommen dabei an der „Unfallstelle" vorbei, wo aber nun das Gras ganz brav wieder in der hohen Bodenvase steht, Gala hat sich irgendwo versteckt.)

Und jetzt beginnt, wo wir Sieben nun beisammen sind, etwas Merkwürdiges, was man nicht als Gespräch bezeichnen kann (auch schon wegen der sprachlichen Sondersituation), sondern eher als ein „Verhör". Ellinor empfindet es so, denn der Opernsänger-Grieche mit seiner sprachlichen Vielfalt richtet ständig Frage auf Frage an sie, Fragen, die alle etwas mit RAMA zu tun haben: Was sind die geistigen Inhalte, was das Ziel, was die Aufgabe, was hat das mit den Dimensionen zu tun (dritte, vierte).

So geht es Schlag auf Schlag, und ich staune, wie unvermittelt und spontan Ellinor auf alles antwortet, klar und präzise, sodaß sofort die nächste Frage kommen kann.

Dabei fällt uns auf, daß der Zwillingsbruder (der Architekt) auf Griechisch seinem Bruder jeweils die Fragen „diktiert" und dann, wenn er offensichtlich mit der Antwort zufrieden ist, sofort die nächste startet, um so schließlich zu einem sehr gründlichen, umfassenden Gesamtbild dessen zu kommen, was alles mit RAMA zusammenhängt.

Dazu gehört auch das Thema des Kontaktes zu Wesen, die auf höheren Bewußtseinsebenen leben und als „Ältere Geschwister" (wie sie sich selber nennen) uns zur Seite stehen in dieser besonderen Phase der Menschheitsgeschichte, dem Übergang in ein Neues Zeitalter.

Doch Ellinor und mir ist schnell bewußt geworden, daß die beiden Griechen alle Antworten schon selber wissen, die Fragen also nicht stellen, um etwas zu erfahren, was sie noch nicht wußten, sondern daß diese Themen ausgebreitet werden sollen vor allem für den Arzt, um ihn von deren Bedeutung zu überzeugen. (Dessen erster Besuch bei uns hatte ja keine Früchte getragen.)

So unvermittelt, wie dies „Gespräch" begonnen hat, endet es auch: „Jetzt singen wir!" sagen die Griechen, und was uns Brigitta vorher schon erzählt hatte, beginnt nun: Die beiden Griechen fangen an zu singen, – zu singen, wie wir es so noch nie gehört haben. Beide haben einen kräftigen Brustkorb, und so erheben sich ihre Stimmen zu einem akustischen Wohlklang, lauter, immer lauter, wir spüren die Schwingungen körperlich, und Gregorianik hat uns immer schon begeistert, und nun ist dies wie eine wundervolle Bescherung hier gegenwärtig, und wir erleben dies Geschehen mit allen Sinnen, geben uns ihm ganz hin, lassen uns emporheben…

„Und nun singt ihr!" In genauso direktem Ton wie vorher werden wir aufgefordert, desgleichen zu tun. Nach einer kurzen Verlegenheitspause kommen wir (Ellinor macht kurzerhand diesen Vorschlag) zu dem Entschluß, die Mantren zu singen, die wir von RAMA her kennen, darunter auch das OM. Wir beginnen, und sofort stimmen die beiden Griechen mit ein, so, als ob auch diese Mantren ihnen vollkommen vertraut sind. Mit ihnen zusammen wird dies nun zu einem so starken Klang-Erlebnis, daß wir dies bestimmt nie vergessen werden.

Wieder eine unvermittelte Anordnung: „Jetzt wollen wir spazierengehen!" – Es ist ja ein sehr warmer Sommertag, der bei so strahlendem Sonnenschein auch dazu einlädt. So gehen wir in zwei Grüppchen los: Vorne weg Brigitta mit dem Arzt und dessen Partnerin und dahinter, mit Abstand, die beiden Griechen und wir.

Dem Opernsänger wird es zu warm. Er zieht sein Hemd aus, ein braungebrannter, kräftiger Oberkörper zeigt sich darunter. Insgeheim beschleicht uns der Gedanke: Was werden die Nachbarn denken, hier in diesem kleinen Dorf? (Merkwürdigerweise hat dies wohl keiner bemerkt, jedenfalls hat uns niemand später darauf angesprochen.)

Und nun beginnt ein sehr vertrauensvolles Gespräch; wir sind ja mit den Beiden allein, schlendern langsam dahin auf sandigen Feldwegen, und so können sie uns auch ihre Identität offenbaren: Sie kommen von einem anderen Planeten (den Namen haben wir vergessen) und wissen um die Bedeutung dieser Zeit, in der viele Umbrüche geschehen werden, vieles sich verändern wird, auch energetisch viel auf die Erde einströmen wird. Die Menschheit bräuchte viel Hilfe, auch aus höheren Ebenen, und sie als Ältere Geschwister wirken in dieser Zeit des Übergangs als unsere Berater, Weg-Begleiter, um uns in unseren Träumen, beim Meditieren, in unserer Intuition Orientierung zu vermitteln.

Wir fühlen uns in der Nähe dieser Beiden sehr wohl. Was sie uns auf diesem Spaziergang anvertrauen, ist uns durch die Gruppe in Bolivien weitgehend bekannt. So fühlen wir uns bestärkt darin, mit der Gruppenarbeit in diesem Sinne fortzufahren. Bestätigung tut immer gut, und deswegen sind sie wohl, unter Anderem, gekommen.

Nach dem Spaziergang möchten die übrigen Drei den Heimweg antreten. Nach einer herzlichen Verabschiedung bitten wir unsere zwei besonderen Gäste noch zu einem Tee, – mit leichtem Geplauder, nach diesen so intensiven Gesprächen vorher.

Und wieder eine Anordnung: „Jetzt wollen wir meditieren!" Also gut, sehr gerne, wir gehen nach oben in unseren Meditationsraum, sitzen in dem großen weiten Raum, ein Quadrat bildend, uns gegenüber. Ellinor ist bereit, die Meditation zu beginnen, mit ruhiger, langsamer, klarer Stimme leitet sie uns an, uns des Lichtfunkens in uns bewußt zu werden, ihn in unserem Herzen zu spüren, zu erleben, wie er zu einer Sonne wird, deren Strahlen sich immer weiter ausbreiten – schließlich bis in den Kosmos.

Wir spüren, wie unsere Gäste mit uns eins sind in dieser Meditation. Und als Abschluß bitten sie uns aufzustehen, einen Kreis zu formen, und sie möchten nun diese Begegnung beenden mit einem bestimmten Ritus, mit bestimmten Formulierungen, die – zu unserer großen Überraschung – vollkommen übereinstimmen mit dem Abschluß, den wir in der Gruppe in Bolivien jedes Mal miterlebt hatten, – eine weitere Bestärkung und Bestätigung für unseren Weg.

Zum Schluß sagen sie uns noch etwas Schönes: Sie seien hergekommen, um etwas zu geben, aber nun hätten sie selber auch viel bekommen.

Dieser warme Sonn- und Sonnen-Tag im Juni lebt in seiner Wirkung in uns weiter. Am nächsten Morgen, beim Aufwachen, fragen wir uns, was davon geblieben ist. Und wir sagen Beide spontan in völliger Übereinstimmung: eine große Freude! – Und wir spüren sie als Wärme in unseren Herzen.

20. Schwarzwälder Kirsch

„Na, das klingt nach einer genüßlichen Geschichte! Wie bist du denn auf diesen Titel gekommen?"

„Ja, da mußt du ein bißchen Geduld haben. Das Kuriose an der Geschichte kann ich ja nicht gleich am Anfang verraten. Aber irgendwann wirst du darüber schmunzeln, wie sich, wieder einmal, alles ergeben hat."

Also, es beginnt mit einem langen Flug, nach Bolivien, über Sao Paulo in Brasilien, erstmal dann bis Santa Cruz im Südosten Boliviens, dann soll es weitergehen nach La Paz hoch oben in 4000 m Höhe in den Anden.

In Santa Cruz bleiben wir einige Tage. Hier können wir bei Anni wohnen. Wir kennen sie schon seit vielen Jahren aus La Paz. Sie hatte dort als Deutsche eine „Kuchenstube" (Aha, denkst du, da ist also schon ein Hinweis!), wo sie nicht nur für die deutsche Kolonie Kuchen und wundervolle Torten gebacken hatte, sondern damit auch in der bolivianischen Bevölkerung begeisterte Kunden fand, vor allem zu Weihnachten, wenn sie mit deutschen Zutaten die vielfältigsten Weihnachtsgebäcke, auch Stollen, zu zaubern wußte.

Bei dieser Anni dürfen wir also wohnen, in dem feucht-heißen Santa Cruz im Tiefland Boliviens, mit Temperaturen über dreißig Grad und einer Luftfeuchtigkeit von über neunzig Prozent (in den Kleiderschränken muß ständig eine Glühbirne brennen zum Lufttrocknen, damit die Kleidung nicht schimmelt). Das Zusammensein mit ihr und ihrem Mann ist jedes Mal sehr harmonisch und aufgrund vieler gemeinsamer Erfahrungen, vor allem aus der Zeit in La Paz, immer reich an intensiven Gesprächen, in denen viele Erinnerungen an gemeinsam Erlebtes auftauchen.

Und da erinnern wir uns gern auch an Annis Geburtstagsfeiern im März, wenn wir die Reiseplanung so gestalten konnten, daß wir an diesem Datum bei ihr waren. Und das Besondere war dann (vor allem für mich), daß sie, nach ihrem Original-Rezept aus Deutschland, eine „echte" Schwarzwälder-Kirsch-Torte gebacken hatte. Was für eine Köstlichkeit! –

Doch diesmal, auf dieser Reise, ist es Oktober, und da besteht keine Hoffnung auf diesen Genuß. Dennoch weilen unsere Gedanken bei ihrer exquisiten Backkunst, und so sage ich, etwas scherzhaft, beim Verabschieden (für den Weiterflug nach La Paz), es hätte sich ja diesmal nicht ergeben, aber sobald wir wieder bei ihr sein könnten, würden wir uns über ein Stück dieser Torte freuen. Anni schmunzelt.

Wir landen in La Paz. Hier dürfen wir bei den Machicados wohnen, einem sehr liebenswürdigen, gastfreundlichen Ehepaar, Charito und Eduardo, mit denen wir uns seit vielen Jahren sehr verbunden fühlen.

Ihr Haus wirkt altmodisch im positiven Sinn: Ein großer Salon mit vielen gemütlichen Sitzgelegenheiten ringsum an den Wänden lädt zu geselligen Veranstaltungen ein. Jeden Samstag abends um halb acht findet hier ein Musikabend mit klassischer Musik statt.

Eduardo widmet sich dann nachmittags der Vorbereitung dieses Ereignisses. Er kann aus einem großen Fundus an Klangträgern schöpfen: Seit den Zwanzigerjahren des 20. Jahrhunderts wird diese Tradition gepflegt. Eduardos Vater Flavio hat damit begonnen, damals mit den Schellack-Schallplatten, mit berühmten, heute sehr wertvollen historischen Aufnahmen bedeutender Orchester und Dirigenten. Die gesamte Sammlung ist inzwischen zu einer Stiftung geworden. Sie umfaßt Tausende von Tonträgern, die im Laufe der Zeit sich veränderten bis zu den heutigen CDs.

Wir hatten manchmal das Glück, an diesen kulturellen Abenden dabei sein zu dürfen, „Flaviadas" genannt, nach dem Namen des Vaters, Flavio. Wir waren jedesmal tief berührt, wie innig, in sich versunken die Gäste der Barock-Musik lauschten.

So wurde hier ein Ort geschaffen, an dem das musikalische Erbe Europas zur Geltung kommt, vorrangig mit Komponisten wie Hayden, Bach, Mozart, Vivaldi und Beethoven. Dies ist umso erstaunlicher, da in diesem Land, in Bolivien, die einheimische, indigene musikalische Kultur sehr verankert ist, mit einer Klangwelt, die geprägt ist von ganz anderen Hör-Erlebnissen aufgrund der sehr urigen Instrumente, die manchmal wie Urwald klingen, wie zum Beispiel die Pan-Flöte.

Die Ohren sind hier daher andere Harmonien gewöhnt, als wie wir es in Europa von der Barock-Zeit her kennen. Die Klänge der Anden haben wir auf vielen Festen, auf Umzügen der indigenen Bevölkerung (Bolivien hat einen Prozentsatz von 80% indigener Bevölkerungen, u.a. Aymaras und Quechuas!) erleben können und waren beeindruckt von der Intensität, Kraft und Lebensfreude, die diese Klänge auf uns übertrugen.

Und hier nun, im Hause Machicado, wird eine Brücke geschlagen zur klassischen europäischen Musik-Kultur, und so erfahren wir, wie Musik uns alle miteinander verbindet, indem wir als Menschen in unserem Inneren, im Herzen, auf subtiler Ebene angerührt werden von der Schwingung bestimmter Klänge.

Dieses gastfreundschaftliche Haus mit seiner besonderen Atmosphäre müssen wir nach drei Tagen verlassen; der Reiseplan ist nun einmal maßgeblich für unsere Zeiteinteilung, auch wenn wir gern überall länger bleiben würden. Aber im nächsten Ort, in Sucre, der Hauptstadt Boliviens, werden wir von der nächsten Gruppe erwartet, die an unseren Seminaren teilhaben möchte. (Es geht dabei um Gesundheit, Heilung, um: Leben.)

Die Ankunft auf dem Flugplatz in Sucre ist insofern kurios, da vor dem Abfertigungsgebäude uns eine lebensgroße Nachbildung eines Dinosauriers empfängt. Es gibt nämlich in der Nähe ein außergewöhnlich großes Ausgrabungsgelände mit Dinosaurier-Fußspuren, versteinerten Abdrücken unterschiedlichster Dinosaurier-Arten in einem ehemaligen großen See. Das muß man wissen, sonst erschrickt man vielleicht beim Anblick der riesigen, naturalistischen Darstellung dieser drachenähnlichen Tierwesen.

Am Flughafen in Sucre werden wir von Carmen und Hugo abgeholt, einem älteren Ehepaar, das uns in seinem einfachen, gemütlichen Domizil am Rand von Sucre beherbergen wird. Ein von Hugo besonders fürsorglich gepflegter Garten bildet den größten Teil des Grundstücks. Stolz führt er uns darin herum und erklärt uns die für uns z.T. exotischen Pflanzen. Eine Schildkröte knabbert genüßlich an Salatblättern.

Wir sind hier südlich von La Paz, der größten Stadt Boliviens (zwei Millionen Einwohner), aber immer noch recht nahe am Äquator. (19° südlicher Breite), nicht so hoch wie La Paz (mit seiner strengen Kälte in den Nächten wegen der Höhe von 4000 m) und nicht so tief wie Santa Cruz (nur 500 m) mit seinem feucht-schwülen Klima, und daher ist dies hier in Sucre für uns ideal, mit angenehmer Wärme, guter Luft. Obwohl Hauptstadt, ist Sucre eher als Kleinstadt zu bezeichnen. Es gibt auch zum Glück nur wenig Verkehr.

Die wenigen Touristen, die überhaupt in das abgelegene Bolivien kommen, wissen Sucre sehr zu schätzen, auch wegen seiner besonders einheitlichen kolonialen Architektur, der vielen weiß-getünchten Kirchen, jede in eigener Weise gestaltet. Und es gibt noch einen weiteren Grund: Etwa 60 km südlich liegt das wohl ursprünglichste Dorf Boliviens, Tarabuco, das uns bereits auf früheren Reisen faszinierte mit seiner indigenen Bevölkerung, die die jahrhundertealte Tradition ihrer Lebensweise, ihrer Kleidung, Ernährung, Musik bewahrt. Von selbst gewebten Stoffen (Ponchos, Wandbehänge,

Decken) haben wir so manches erworben und so zu ihrem Lebensunterhalt beigetragen. Besonders die Gesichter beeindrucken uns: tiefdunkle, von der Sonne gegerbte Haut, strahlende Augen, ungewöhnliche Lederhüte in Form der Helme der spanischen Eroberer – in diesem Ort fühlen wir uns zurückversetzt in vergessen geglaubte Zeiten.

…tiefdunkle, von der Sonne gegerbte Haut, strahlende Augen…

Doch wir sind ja jetzt erst einmal in Sucre angekommen, wohnen bei Carmen und Hugo und fühlen uns bei ihnen sehr wohl, genießen ihre Fürsorglichkeit und die Ruhe hier.

Diese Ruhe wird jäh gestört: In den Nachrichten ist von Aufruhr die Rede, Aufruhr vor allem in La Paz, aber auch Sucre könnte in die Wirren mit hineingezogen werden.

Unruhige Zeiten haben wir schon öfter in Bolivien miterlebt. Es gibt immer wieder gewaltsame Streiks, Demonstrationen, Straßenblockaden. Meistens war es ein Aufbegehren gegen soziale Mißstände, z.B. die Situation der Mineros, der Minenarbeiter in den Gruben; wir haben Militär auf den Straßen gesehen, Panzer, Ausgangssperren, doch meistens erlahmte bald so ein Aufstand.

Doch diesmal klingt es dramatischer: Das Rollfeld des Flughafens von La Paz sei beschädigt, Flüge seien nicht mehr möglich von und nach La Paz (und wir wollen in wenigen Tagen über La Paz wieder nach Deutschland zurück, haben bei den Machicados unseren größeren Reisekoffer hinterlegt und sind hierher nur mit den kleinen Handköfferchen gereist!) und auch hier in Sucre gäbe es Angriffe auf Regierungsgebäude, Autos würden in der Stadt brennen, und von Sucre gingen vorläufig auch keine Flüge weg…

Das ist für uns sehr viel Dramatik auf einmal. Wir sind selber von den Auswirkungen des Aufstands betroffen, müssen sehen, wie und wann wir von hier aus wieder nach Hause kommen könnten, über La Paz auf jeden Fall nicht.

Wir müssen erst einmal innerlich zur Ruhe kommen, fühlen uns ja auch ganz wohl im Zusammensein mit Carmen und Hugo, die Seminare sind abgesagt, es traut sich niemand auf die Straße…

Doch es reizt uns, ein bißchen von diesem Geschehen mitzubekommen, mit aller Vorsicht, wozu uns vor allem Carmen rät. Sie läßt uns nicht gerne raus, hat selber Angst (ist auch älter als wir), doch wir wagen es und tasten uns vom Rand Sucres aus, wo wir wohnen, durch ruhige Seitenstraßen Richtung zentralem Platz, wachsam auf Gefahren achtend.

Wir hören, wie es im Zentrum, auf der „Plaza de Armas", immer lauter wird: Eine Demonstration ist wohl dort im Gange, Megaphone sind zu hören, Schüsse (wohl von Tränengas), und wir können, an der Plaza angekommen, einen Eindruck von dem Geschehen dort bekommen. Und es bestätigen sich die Berichte: brennende Autos, Demonstrierende, die auf Militär treffen, Tumult, Brandschäden an einem Regierungsgebäude...

Wir wollen nicht unnötig unser Risiko erhöhen und ziehen uns wieder zurück. Carmen ist erleichtert und überglücklich, uns wieder heil in ihre Arme schließen zu können. So stellen wir uns nun auf ungewisse Tage ein und können nur abwarten, wann wir mehr Gewißheit über unsere Heimreisen haben können.

Es stellt sich dann heraus, daß wir in drei Tagen nur über Santa Cruz zurückfliegen könnten. Santa Cruz? Da waren wir doch zu Beginn der Reise, bei Anni! Und wir erinnern uns an unsere letzten Worte beim Abschied: „... Sobald wir wieder bei dir sein könnten, würden wir uns..." – Natürlich! Über ein Stück Schwarzwälder Kirsch freuen! Sollte dies nun so sich fügen, durch diese ungewöhnlichen Umstände eines Aufruhrs im Land?

Telefonisch verabreden wir uns (das funktioniert wenigstens noch; Handys gibt es zu dieser Zeit noch nicht) mit Anni in Santa Cruz; sie ist freudig überrascht, uns so bald schon wieder bei sich zu haben. Unseren Wunsch behalten wir noch still für uns. Ob sie sich wohl daran erinnert?

So schnell kommen wir allerdings von Sucre nicht weg. Der Flughafen ist sehr klein (was uns sehr gut gefällt, der Dinosaurier am Eingang trägt zum regionalen Charakter bei), und es gibt kein Radar, so muß immer gutes Wetter herrschen, damit die Piloten auf Sicht sicher landen können.

Nach drei Tagen ist tatsächlich gutes Wetter. Der Abschied von Carmen und Hugo ist von tiefen Gefühlen der Dankbarkeit erfüllt, sind wir doch bei ihnen in dieser extremen Situation in guten Händen gewesen.

Jetzt also Direktflug Sucre - Santa Cruz, wieder eintauchend in das feucht-warme Klima, und wieder Annis immer fröhlich-strahlendes Gesicht: „Na, das sollte ja wohl so sein! Herzlich willkommen!"

Die Aufenthaltsdauer hängt hier jetzt davon ab, wann wir unseren Heimflug antreten können. Wir erfahren: übermorgen! So bleibt uns morgen wenigstens ein ruhiger Tag hier mit Anni und ihrem Mann, nach dem Reisetag heute (immerhin zwei Stunden Flug, Bolivien ist von der Fläche her dreimal so groß wie Deutschland. So sind die Entfernungen zwischen den Orten in diesem Land ganz anders als im dichtbevölkerten Deutschland).

Wir freuen uns auf die gemeinsamen Stunden mit Anni und ihrem Mann, als Abschluß dieser außergewöhnlichen Reise. Und tatsächlich hat Anni unseren Wunsch nicht vergessen (beim früheren Verabschieden hatte sie ja geschmunzelt, ohne zu ahnen...), und so sitzen wir am nächsten Tag gemütlich beisammen, haben vorher in ihrer Küche Zeuge sein dürfen ihrer Back-Zauberkünste und miterlebt, wie so eine Schwarzwälder-Kirsch-Torte entsteht.

Der Kaffee aus eigener bolivianischer Produktion (das Klima eignet sich in bestimmten Gebieten, unten im Urwald, sehr gut zum Kaffee-Anbau) ist auch sehr geschmackvoll, und so ist nun dieser letzte Nachmittag ein gelungener kulinarischer Abschluß: Wir sitzen beieinander, plaudern, erzählen, genießen Stückchen für Stückchen die Schwarzwälder-Kirsch-Torte, dann ein Schlückchen Kaffee, dann wieder eintauchen in die Erinnerungen, an die früheren Zeiten, als Anni die „Kuchenstube" in La Paz hatte, die zu einem Treffpunkt unter Freunden geworden war; beim Verabreden sagte man nur: „in der Kuchenstube", und jeder wußte Bescheid, und dann gehen die Gedanken zu dem vor Kurzem Erlebten, den aufregenden Tagen in Sucre (Santa Cruz war davon kaum betroffen, liegt auch „weit weg vom Schuß"), und dann ein letztes Stückchen Torte..., ... das wir nur dieser Verkettung von Ereignissen zu verdanken haben! Danke, Anni!

Nachtrag

Ihr fragt euch, was aus dem Koffer geworden ist, den wir in La Paz zurückgelassen hatten? Nun, wir waren nach unserer Rückkehr in Deutschland mit Eduardo in telefonischem Kontakt. Wie er uns erzählte, waren auch die folgenden Tage in La Paz kritisch. Und erst nach zwei Wochen öffneten die Geschäfte wieder und auch die Fluggesellschaften ihre Büros, nachdem auf dem Flughafen wieder Flugzeuge landen konnten.

Bei der Linie, mit der wir unter normalen Umständen zurückgeflogen wären, konnte er dann unseren Koffer aufgeben. Aber der war ja von uns gar nicht fertig gepackt worden; wir hatten ihn nur lose gefüllt mit dem, was wir in La Paz an besonderen Lebensmitteln eingekauft hatten, was es hier in Deutschland damals noch nicht gab, nämlich Amaranth und die bolivianische Hochlandhirse, genannt Quinoa (Betonung auf der ersten Silbe). Und der Koffer war noch nicht einmal abgeschlossen!

So könnt ihr euch vorstellen, mit welchen Ahnungen wir ihn öffneten, als er tatsächlich einige Tage später uns hier in Deutschland bis zum Haus gebracht wurde. Viele der nur leicht verpackten Päckchen waren aufgeplatzt, und all die vielen kleinen Körnchen hatten sich im ganzen Koffer verteilt!

Nun ja, wir versuchten zu retten, was zu retten war, und den Koffer überhaupt wiederbekommen zu haben, trotz all der politischen Wirrnisse, erschien uns wie ein kleines Wunder.

So, nun kennt ihr die ganze Geschichte.

21. Drei Nächte – drei Tage

„Ihr könnt bei mir wohnen!" – Elisa schaut uns freudig an. „Es paßt diesmal gut; eines meiner Häuser steht leer, es soll verkauft werden. Oben steht noch ein Bett, unten ist eine Küche, und Platz für euer Seminar ist auch vorhanden, ein großer leerer Raum neben dem Innenhof. Für die kommenden Tage seid ihr herzlich willkommen!"

Wieder so eine wunderbare Fügung. Auf unseren Reisen in Südamerika hat es immer irgendwie geklappt, für die wenigen Tage, die wir unsere Seminare in verschiedenen Orten geben, eine passende Unterkunft zu finden.

Und nun sind wir in Cuzco, der ehemaligen Inka-Hauptstadt in Peru, – wie immer voller Erwartung, wie sich alles ergeben wird: Welche Teilnehmer werden kommen, wieviele werden es sein, welche unerwarteten Begegnungen werden uns überraschen…

Auf jeden Fall sind wir frohgemut, auch in gehobener Stimmung, besonders, weil wir wieder einmal in Cuzco sind. Mit dieser Stadt voller Geschichte fühlen wir uns sehr verbunden; es ist jedes Mal wie ein Zurückkommen in etwas uns sehr Vertrautes. Die hier besonders deutlich spürbare Inka-Vergangenheit berührt uns auf eindringliche, wehmütige Weise.

Diese Zeit wird uns gegenwärtig, wenn wir in den engen Gassen an den alten Inkamauern mit ihren präzise ineinander gefügten großen Steinblöcken vorbeigehen. Sie haben allen Erdbeben standgehalten. Heutige Baumeister bewundern diese einzigartige Steinbaukunst.

... wenn wir in den engen Gassen an den alten Inkamauern mit ihren präzise ineinander gefügten großen Steinblöcken vorbeigehen...

Die uns angebotene Bleibe liegt im ältesten Teil Cuzcos, in der Nähe des Hauptplatzes, der „Plaza de Armas", jedoch abgelegen vom Touristen-Strom, an der schmalsten Gasse, so schmal (Einbahnstraße), daß nur ein Auto gerade hindurch kommt, und die Fußgänger müssen sich, wenn mal eins kommt, an die Häuserwand drücken, da der „Bürgersteig" nur ein Fuß breit ist. (Die armen Fußgänger!)

Diese Erfahrung machen wir auch gleich, als wir die uns so großzügig angebotene Unterkunft aufsuchen: Immer mal wieder – bei jedem Auto – uns an die Wand drückend gelangen wir zu der angegebenen Hausnummer. Dicht an dicht reihen sich die einstöckigen alten Häuser aneinander, abblätternde Häuserfassaden, man sieht, daß es Lehmwände sind, schlichte Holztüren als Eingang.

Und so eine altersgraue Tür ist schließlich auch für uns bestimmt. Den Schlüssel hatten wir von unserer Hauswirtin (übrigens selbst auch eine Seminar-Teilnehmerin) bekommen.

Wir fühlen uns ein bißchen wie „Hausherren", als wir die Tür öffnen und den großen Eingangsbereich betreten. Er ist auch Küche, mit Herd, Koch-Einrichtungen, einem alten Holztisch und ebenso alten Stühlen. Rechts führt eine Holztreppe, im rechten Winkel abbiegend, nach oben zu unserem Schlaf- und Aufenthaltsraum, der uns nun drei Nächte und drei Tage beherbergen wird.

Neugierig steigen wir die knarrenden Holzstufen hoch; wir merken, daß sie unterschiedliche Höhen haben und auch unterschiedlich breit sind. Das Betreten erfordert also eine gewisse Achtsamkeit, um nicht zu stolpern. Nach der Biegung der Treppe können wir durch ein kleines Fenster an der rechten Wand nach draußen blicken auf eine schmale Fußgängergasse und eine gegenüberliegende graue Hauswand.

Wir registrieren alles mit wachen Sinnen, ist dies doch nun unsere Bleibe. Am Ende der Treppe gelangen wir in den Schlafraum. Außer einem breiten Bett ist nichts vorhanden. An den Wänden sind an einigen Stellen hellere rechteckige Flächen zu entdecken: Dort hingen wohl Bilder; die Nagellöcher sind deutlich erkennbar. Über dem Bett ist die waagerechte Holzbalkendecke unterbrochen; dort ist eine Plexiglaskuppel eingebaut. Wie schön, denken wir, dann können wir ja nachts über uns die Sterne sehen! (Vielleicht sogar das „Kreuz des Südens"?)

Das also ist unsere neue Umgebung. Unten inspizieren wir noch den schon genannten Innenhof mit dem angrenzenden großen leeren Raum. Dessen Wände sind hellblau, wenn auch verblichen. Der Raum gefällt uns. Er eignet sich für das Seminar.

Unser Rundgang endet, indem wir durch eine zweiteilige Glastür den Innenhof wieder verlassen (Vorsicht Stufe!) und in den Küchen-Eingangsbereich kommen. Von dort gelangen wir zum Bad mit Toilette. Die Hauswirtin hatte uns schon vorsorglich darauf hingewiesen, daß das Spülsystem nicht funktioniere; man müsse immer erst einmal zum Spülen einen Hahn aufdrehen und hinterher wieder schließen, damit nicht ununterbrochen das Wasser laufen würde (ein Klempner sei schon bestellt). —

So sind wir nun; wie wir glauben, vollkommen im Bilde über unsere gegenwärtige Behausung. – (Warum eine so ausführliche Beschreibung? werdet ihr fragen. Werdet ihr sehen!)

Die erste Nacht ist geprägt von Regen-Geplatter auf der Plastikkuppel über unserem Bett. (Also nichts mit Sternen-Gucken!) – Doch wir finden das gemütlich; es ist ja ein gleichmäßiges beruhigendes Geräusch.

So wachen wir am nächsten Morgen gut ausgeruht auf und freuen uns auf die Stunden geistiger Arbeit mit vielen Menschen zusammen. Eine kleine Gruppe von

Frauen ist in der Küche emsig beschäftigt, unsere Verköstigung zuzubereiten.

Wir fühlen uns gut aufgenommen; wir spüren, daß die Teilnehmer offenen Herzens gekommen sind, und so entwickelt sich sehr bald eine uns verbindende Harmonie. – Die Hauswirtin, Elisa, fragt uns, ob das Geräusch des Regens auf der Plastikkuppel letzte Nacht uns nicht gestört hätte. Wir können sie beruhigen.

Am späten Nachmittag verabschieden sich die Teilnehmer mit vielfachen Umarmungen. Dieser Abschluß des Seminars ist ihnen sehr wichtig, wie wir aus vielen Erfahrungen wissen. Man geht nicht einfach auseinander, sondern zeigt damit und mit lieben Worten, wie nah man sich einander schon gekommen ist durch die gemeinsame geistige Arbeit.

Es wird schnell dunkel. Wir sind ja hier auch recht dicht am Äquator. So sind die Tag-und-Nacht-Unterschiede im Jahresverlauf gering, und was wir hier im Norden Deutschlands als lange währende Dämmerung erleben, ist dort kaum erfahrbar. Innerhalb einer Viertelstunde wird es dunkel.

So wollen wir uns – wieder allein – nach diesem erfüllten Tag mit einbrechender Dunkelheit zurückziehen und unsere Schlafgelegenheit aufsuchen. Wir versichern uns noch der Lichtschalter, falls wir nachts mal zur Toilette runter müßten, eingedenk dessen, daß die alte Holztreppe im rechten Winkel umbiegt und sehr unterschiedliche Stufen hat. – Das Regengeräusch begleitet uns wieder. –

Merkwürdigerweise bemächtigt sich unser im Bett eine schläfrige Müdigkeit, eine unerklärliche Benommenheit, wie eine tiefe Erschöpfung. Wir wundern uns darüber, denn das Beisammensein am Tage und die geistige Arbeit erschöpfen uns nicht, im Gegenteil, wir fühlen uns normalerweise immer danach gut, freudig erfüllt. —

Aber nun ist es anders. Wir Beide verspüren eine Schwere, – so, als ob wir in etwas Tiefes versinken würden und nicht mehr wach werden könnten. –

„Der sieht aber komisch aus!" höre ich mit einem Mal Ellinor sagen. „Wer sieht komisch aus?" frage ich überrascht. „Na, der da, dieses Gesicht über mir! Der hat eine doppelte Zahnreihe – sowas Komisches!" Und sie beschreibt den sie da innerlich sieht als einen Alten, mit Gesichtszügen eines „Indigena", eines Einheimischen: „Vielleicht ein Schamane", meint sie, „aber was will der hier?" „Könnte es sein, daß der mal hier gelebt hat und sich von uns nun gestört fühlt?" überlegen wir. Doch weit kommen wir mit unseren Gedanken nicht, die lähmende Müdigkeit legt sich wieder über uns.

Irgendwann wird Ellinor wach, weil sie mal runter muß, zur Toilette. In diesem benommenen Zustand geht sie im Dunkeln (die Taschenlampe vergißt sie vor lauter Müdigkeit) Richtung Treppe, schafft auch die ersten Stufen nach unten, dann höre ich ein lautes „Rumms", und, nichts Gutes ahnend, eile ich zur Treppe, vorher schnell einen Lichtschalter betätigend, und sehe Ellinor in der Ecke, wo die Treppe umbiegt, auf dem Boden sitzen, mit Lauten des

Schmerzes: Das Steißbein ist von dem Sturz betroffen. „Und das ausgerechnet jetzt zu Beginn der Reise!" sagt sie. „Wie soll morgen das Seminar weitergehen, wo wir doch immer auf dem Boden sitzen!"

Ich helfe ihr, aufzustehen und zur Toilette zu gelangen (wo die von der Hauswirtin genannten Wasser-Betätigungs-Regeln beachtet werden müssen). Nach der Vision des alten „Indigena" kommt uns dies nun wie eine weitere Prüfung vor, und die Nacht ist noch lang! Das Steißbein schmerzt, Ellinor ist froh, als sie wieder im Bett liegt und in Schlaf versinken kann, weiterhin mit dem Gefühl einer lastenden Schwere.

Als ich bald danach selber nach unten muß, fällt mir auf, daß unten im Küchenbereich Wasser über den Fußboden läuft. Hinter der Glastür, die zum Innenhof führt, plattert der Regen heftig herunter, und das Wasser bahnt sich einen Weg quer durch die Küche, hin zur Eingangstür, unter ihr hindurch auf die Straße.

Ich muß sofort reagieren, da die Teilnehmer ihre Decken und Kissen für den nächsten Tag auf dem Boden abgelegt hatten. Ich muß sie retten vor dem Wasser, und in Eile lege ich sie auf den alten Holztisch. Einige sind schon durchfeuchtet.

„Was geht hier vor sich?" frage ich mich. An den Lehmwänden ringsum sehe ich Wasserflecken bis zu 30 cm hoch; das muß wohl also öfter mal hier passieren (versuche ich mich zu beruhigen)!

Wieder oben, bin ich froh, daß Ellinor tief schläft. Doch merkwürdigerweise muß ich bald wieder runter, und als ich dann die Treppe wieder emporsteige, komme ich auf die Idee, aus dem Fenster rechts oberhalb der Treppe nach draußen auf die Seitengasse zu schauen, wo eine Straßenlaterne brennt.

Und da durchfährt es mich, und ich kann nur spontan laut rufen: „Ellinor, es regnet ja gar nicht!" Im Licht der Straßenlaterne ist kein einziger Regentropfen zu sehen! Aber im Innenhof plattert doch das Wasser von oben und strömt durch den gesamten Eingangsbereich bis auf die Straße!

Ellinor habe ich mit meinem Aufschrei geweckt, sie begreift nicht gleich, was da los ist, genauso wenig wie ich, und so stürze ich nach unten (im Pyjama), reiße die Tür zum Innenhof auf und werde sofort von einem Wasserschwall vollkommen durchnäßt, der von oben wie ein Wasserfall herunterprasselt.

Und dann sehe ich die Bescherung: Ein Stockwerk höher läuft eine hölzerne Galerie an der Hauswand entlang, dort ist eine Wasserleitung angebracht, die senkrecht bis zum Fußboden führt, und die ist oben geplatzt. Das Wasser schießt in starkem Strahl gegen die Hauswand oben und von dort als Wasserfall nach unten, wo ich stehe.

Mir schießt durch den Kopf: Dies ist ein Lehmhaus, das wird aufweichen! Mein Blick fällt auf eine große Pappe in einer Rumpelecke, ich eile mit ihr eine wackelige Treppe zum oberen Umgang hoch bis zu dem geplatzten Rohr und versuche, sie zwischen Rohr und Hauswand zu klemmen. Dies gelingt.

Aber das Wasser strömt ja weiter. Wieder unten angekommen entdecke ich an der Leitung einen Wasserhahn. So schnell wie möglich drehe ich ihn zu (alles zu dieser Nachtstunde und in völlig durchnäßten Pyjama), aber das nützt nichts, der Hahn schließt nicht. (Das kennen wir auch aus Bolivien.) – Was nun?

Ellinor ist auch gleich runtergestürzt. „Hier stimmt was nicht, das sind Attacken! Wir müssen was unternehmen!" sagt sie. Aber was?

Sie hat die rettende Idee: „Wir müssen Isabel (eine uns aus früheren Begegnungen sehr vertraute Teilnehmerin) anrufen!" Und wie der „Zufall" es will, hatten wir gestern von ihr ihre Telefonnummer in Cuzco bekommen; sie hatte darauf bestanden: „Man kann ja nie wissen!"

Normalerweise reisen wir immer ohne Adressen und Telefon-Nummern in vollkommenem Vertrauen, daß wir auch so zurechtkommen (was bisher immer der Fall war). Und diesmal hatte ich mich – ausnahmsweise –, da Ellinor auch drängte, schließlich bereit gefunden, dieses kleine Zettelchen mit Isabels Nummer an mich zu nehmen, um wenigstens einen Kontakt zur Sicherheit in Cuzco zu haben.

Und das ist jetzt unser Glück, hoffen wir. Allerdings kommen uns starke Bedenken, ob Isabel um diese Nachtzeit – wir schätzen zwischen zwei oder drei Uhr – überhaupt das Klingeln hören wird und ans Telefon geht. – So kommt die nächste Frage: Wo gibt es hier in dieser verwinkelten, alten Gegend von Cuzco ein öffentliches Telefon, eine Telefonzelle? (Von Handys weiß zur Zeit noch niemand etwas.)

Wir wissen, das wird die einzige Rettung sein. Das Wasser rauscht weiterhin von oben in den Innenhof, durch den Eingangsbereich und von dort unter der Haustür hindurch auf die Straße.

Im Bewußtsein dieser Notsituation handeln wir sofort, gehen wieder nach oben (alle Lichtschalter sind an), um uns anzuziehen. Als wir Richtung Bett blicken, glauben wir, unseren Augen nicht trauen zu können: Genau über unseren beiden Kopfkissen sind in etwa zwei Meter Höhe zwei Löcher in der Lehmwand, wo wohl Bilder aufgehängt waren. Und aus diesen Löchern läuft Wasser herunter bis auf unsere Kopfkissen. Diese sind auch schon durchnäßt. Wir legen sie aus der Gefahrenzone und rücken auch das Bett weiter von der Wand ab.

Uns wird bewußt: Die Wände sind ja aus Lehm, und so muß wohl das Wasser, das aufgrund des Rohrbruchs draußen gegen die Wand prasselt, in der Wand schon hochgestiegen sein und aus diesen beiden Löchern herausfließen, „zufällig" genau im richtigen Abstand auf unsere beiden Kopfkissen. Mehr Verwunderung ist kaum noch möglich.

Ein Knacken in den Balken kommt uns nun auch sehr verdächtig vor, – ist das Haus nicht mehr stabil? – Mit solchen Befürchtungen gehen wir schleunigst auf die Straße, um irgendwie zu einer Telefonzelle zu gelangen.

Als wir ratlos im Dunkeln vor der Haustür stehen, geschieht das Unwahrscheinliche: Es erscheint tatsächlich am unteren Ende dieser schmalen Einbahnstraße ein Licht, genauer gesagt zwei Lichter, nämlich die Scheinwerfer eines

Autos. Und das um diese Nachtzeit in dieser abgelegenen Gegend!

Wir stellen uns in die Mitte der Gasse und schwenken beide Arme, um das Auto anzuhalten, versperren ihm also den Weg. (Der arme Fahrer, denken wir, wie soll er das verkraften, zu solcher Stunde von zwei gestikulierenden Gestalten angehalten zu werden!)

Er hält dicht vor uns, hört sich unsere eilig erzählte Geschichte an, sieht als Bestätigung der Wahrheit das aus dem Haus strömende Wasser und ist sofort bereit, uns mitzunehmen bis zur nächsten Telefonzelle, irgendwo da im Dunkeln vor uns.

Es gibt tatsächlich schon bald eine an einem kleinen Platz. Der Fahrer, ein netter junger Mann, schlägt uns vor, erstmal die Feuerwehr anzurufen. Er nennt uns die Nummer. Wir wählen. (Peruanische Münzen haben wir zum Glück dabei.)

Am Ende der Leitung ertönt eine automatische Männerstimme: „Zur Zeit nicht besetzt. Zur Zeit nicht besetzt...“ Und so weiter. (Dazu muß man wissen, daß Cuzco in gut 3000 Meter Höhe liegt, also eine deutlich dünnere Luft hat und es deswegen kaum Brände gibt, denn Feuer braucht Sauerstoff.)

Wir gönnen den Feuerwehrleuten ihren Schlaf und wählen nun Isabels Nummer. Banges Warten während des Durchläutens. „Ja, wer ist dort?“ Isabels Stimme stimmt uns sofort hoffnungsvoll. Nach kurzen Erklärungen weiß sie, was zu tun ist: Juan-Carlos anrufen, der das Haus gut kennt und sich um so manches dort schon gekümmert hat. Wird er zu dieser Nachtzeit dazu bereit sein?

Wir sollen gleich nochmal anrufen; sie versucht ihn zu erreichen. Kurz darauf die erlösende Nachricht: Er wird in ungefähr einer Dreiviertelstunde kommen.

Unsere Erleichterung könnt ihr euch vorstellen. So können wir, einigermaßen beruhigt, nach Hause gehen. „Legt euch ruhig nochmal hin!" sagte Isabel noch zum Schluß. Und wir tuen dies tatsächlich, hören wohl weiterhin das Wasserrauschen, sind aber nun guten Mutes: Es wird alles gut! Es muß nur Juan-Carlos kommen!

Wir dämmern ein bißchen ein, versuchen, die Anspannung loszulassen, hören die Geräusche an der Tür, als Juan-Carlos eintritt. Offensichtlich weiß er sofort, was zu tun ist. Das wollen wir natürlich mitbekommen, wie er das Wunder bewirkt, den Wasserfall zu stoppen. Ganz einfach: In der Straße außen vor der Haustür hebt er eine Metallplatte hoch, darunter ist der Haupthahn, – einmal zugedreht, und der ganze Spuk ist vorbei!

Dieser plötzliche Wechsel im Geschehen löst in uns Verwunderung, Staunen und Erleichterung aus. Sollte damit alles jetzt wieder gut sein? – Wir drücken Juan-Carlos unsere Dankbarkeit aus; er ist wortkarg (kein Wunder, nachts aus dem Bett geholt zu werden für so einen Auftrag!), und auch er rät uns, uns nochmal hinzulegen, es lohne sich noch (um ungefähr fünf Uhr morgens).

Er denkt an das Nächstliegende: Er beginnt, mit einem Schrubber das Wasser aus Innenhof und

Eingangsbereich nach draußen auf die Straße zu schieben und den Raum trockenzuwischen.

So sind wir aus der Verantwortung entlassen und können oben im Bett die Ereignisse dieser Nacht Revue passieren lassen, bis wir noch einmal in erleichterten Schlummer sinken.

Der Tag zeigt sich durch seine Helligkeit. Wir können unsere Gedanken nun auf die kommende Aufgabe richten, den zweiten Tag des Seminars. Es gibt einiges zu regeln, als die ersten Teilnehmer gegen neun Uhr kommen: Einige Sitzkissen und Decken sind ja feucht geworden, so müssen die trockenen auf die gesamte Gruppe verteilt werden.

Erst jetzt merkt Ellinor, daß ihr vom Sturz lädiertes Steißbein überhaupt nicht mehr schmerzt. Wir sehen dies als ein kleines Wunder und ein Zeichen an, daß neben den Widrigkeiten dieser Nacht uns doch auch hilfreiche Wesen zur Seite stehen.

Eine weitere Überraschung erwartet uns: Ein Klempner steht vor der Tür. Wie konnte er so schnell von dem Malheur mit der Leitung erfahren haben? Die Hauswirtin Elisa erklärt den Zusammenhang; er war für die Reparatur der Toilettenspülung bestellt worden, nun ist er mehr als willkommen für die Reparatur des Rohrbruchs. Denn da der Haupthahn zugedreht ist, würden wir den ganzen Tag kein Wasser mehr haben.

Es gelingt ihm, die betroffene geplatzte Leitung neu abzudichten, und für „normale" Klospülung ist auch bald gesorgt. Das Seminar kann beginnen.

Thema zu Beginn sind natürlich die Vorkommnisse dieser Nacht. Die Auswirkungen sind deutlich zu sehen aufgrund der vielen durchnäßten Kissen und Decken.

Die Geschichte mit dem Steißbein und dem Gesicht mit der doppelten Zahnreihe erzählt Ellinor jedoch nicht, das ist etwas sehr Persönliches. Außerdem möchte sie erst einmal selber nachspüren und erforschen, welche Bedeutung dieses innere Bild für uns wohl haben mag.

Elisa drückt, als Hausbesitzerin, ihr Mitgefühl aus, was wir in dieser Nacht durchgemacht haben, und fügt hinzu: „Wie gut, daß ihr diese Nacht da wart! Wenn nun das Wasser die ganze Nacht weiter geflossen wäre und die Wände weiter aufgeweicht hätte, – kaum auszudenken, was da nicht alles mit dem Haus hätte passieren können! Ich bin euch sehr dankbar!"

Mit einer herzlichen Umarmung wird diese Episode abgeschlossen, und wir richten uns auf die Aufgaben des Tages aus, den Beginn des Seminars, etwas verspätet, aber sowas kennen wir schon.

Vormittags gibt es gegen halb zwölf eine Pause, um nach dem Sitzen auf dem Boden mal wieder zu stehen, zu plaudern, Gedanken über das im Kursus Erlebte auszutauschen, einen Tee zu trinken. Dazu sind wir aus dem großen hellblauen Raum in den Innenhof getreten.

Da kommt aus der Küche, wo wieder wie am ersten Tag fleißige Frauen sich um unsere Ernährung kümmern, eine von ihnen zu uns und sagt: „Es ist da ein Kind gekommen. Es möchte euch etwas sagen." Das klingt ungewöhnlich, und so folgen wir der Überbringerin dieser Nachricht sofort in den Eingangsbereich.

Was sie da als „Kind" bezeichnet hat, ist ein sechzehnjähriges Mädchen. Es kommt freudestrahlend auf uns zu, begrüßt uns sehr vertraut, stellt sich vor mit dem Namen Estela und beginnt mit folgenden Worten: „Mein Engel hat mir heute früh gesagt, ich soll Ellinor und Günter aufsuchen. Diese Gasse hat er mir genannte, ich würde schon hinfinden. Es gäbe an der Tür ein Zeichen. Und wißt ihr, was das war? Draußen habe ich den Zettel gesehen mit der Zeichnung einer Hand, mit Strahlen drum herum, und da dachte ich mir, hier ist es, denn er sagte auch, was ihr macht, hat mit Händeauflegen und Licht zu tun.

Und ich soll euch eine Botschaft überbringen. Alles, was ihr heute Nacht erlebt habt, hatte seinen Sinn. Es gibt dunkle Kräfte, die euch von eurer Lichtarbeit abbringen wollen. Sie wollten euch Energien abziehen. Und das ging nur im Tiefschlaf, deswegen wart ihr so erschöpft. Doch die Engel haben mit dem Geschehen des Rohrbruchs euch die ganze Nacht wachgehalten und so die Absicht dieser Wesen vereitelt."

Wir sind sprachlos vor Staunen über diese Wendung –, vor allem, weil nun alles Erlebte in einem anderen Licht erscheint; es hatte also alles so geschehen müssen, und das physikalische Geschehen eines Rohrbruchs war zum Guten verwendet worden.

Uns durchflutet ein Gefühl tiefer Dankbarkeit; wie sehr können wir uns behütet und beschützt fühlen! – Wir sind tief berührt von dieser Begegnung mit Estela, die hier vor uns steht und uns diese wundervolle Botschaft überbringt, – eine Botschaft, die alles ins Positive umwandelt.

Estela wendet sich dann noch an Ellinor: „Du bist doch in dieser Nacht auf der Treppe gestolpert und runtergerutscht bis zur Ecke, wo die Treppe umbiegt? Und genau dort hat dich der ‚Engel der Umgebung‘ (‚angel ambientador‘ sagt sie auf Spanisch) aufgefangen, damit du nicht weiterfällst.“

Wieder ein Beweis, wie sehr wir behütet sind! – Und der Rat ihres Engels ist auch, uns in schwieriger Umgebung an diesen Engel zu wenden und um Schutz zu bitten.

Sie spricht dann noch über unsere Zukunft, so, wie ihr Engel ihr die Worte eingegeben hat. Wir versuchen, uns so viel wie möglich davon zu merken. Das Wichtigste aber bleibt die Deutung der Ereignisse dieser Nacht.

Eine innige Umarmung, und Estela geht wieder. Sie hat als Botin ihre Aufgabe erfüllt.

Diese Begegnung mit Estela bewirkt in uns eine tiefgreifende Verstärkung unseres Vertrauens in das Wirken der lichten Kräfte. So können wir mit dem Gefühl von Geborgenheit das Seminar fortführen.

Dieser Tag und auch die folgende Nacht verlaufen in aller Ruhe. Für den nächsten Tag, den Abreisetag mit Weiterflug von Cuzco nach Arequipa, gibt es einiges vorzubereiten, zu verabreden, denn es soll schon sehr früh losgehen. Wir wollen um sechs Uhr am Flughafen sein, um möglichst viel zeitlichen Spielraum zu haben.

Doris, Isabels Mutter, hat uns angeboten, uns abzuholen und zum Flughafen zu fahren. Luchito, ein guter Freund aus alten Zeiten (ein Zahnarzt), würde uns begleiten mögen. Wir wären dann fünf im Auto: Doris, Isabel, Luchito und wir Beide.

Dies ist ja dann schon die dritte Nacht (die erste: mit Regen, die zweite: mit Wasserfall) und sie verläuft „ohne weitere Vorkommnisse", wie das so schön heißt. Allerdings müssen wir den Wecker stellen, um nicht zu verschlafen. Gepackt haben wir vorher (nur zwei kleine Handköfferchen, in den richtigen Maßen für die Flugzeugkabine), und so sind wir am frühen Morgen schon sehr rechtzeitig abmarschbereit, stehen vor der Holztür dieses Hauses, das uns so bedeutsame Erfahrungen beschert hat.

Doris kommt sehr pünktlich. Darauf ist sie sehr stolz, und sie erzählt uns, daß das beinahe nicht geklappt hätte; ihr Auto ist wirklich uralt, klapperig (beim Bremsen muß man einen sehr langen Bremsweg einplanen), und oft springt der Motor nicht an.

Aber heute zündete er sofort, und sie war vorsichtshalber besonders früh aufgestanden und kam daher sogar vor der verabredeten Zeit. Und bei meinem (immer noch vorhandenen) Reisefiber sind auch wir sehr frühzeitig schon bei ihrer Ankunft vor die Tür gekommen. Wie schön, nun in aller Ruhe diesen Reisetag beginnen zu können.

Aber erst einmal kommt die Begrüßung: Doris, Isabel, Luchito – sie wollen uns in ihre Arme nehmen und für den Beginn dieses dritten Tages alles Gute wünschen. Das Auto springt auch wieder gleich an, und so geht es in der Morgendämmerung durch das Straßengewühl Richtung Flughafen.

Es regnet. Wir kommen – wie erhofft – kurz vor sechs Uhr an. Der Flughafen ist noch menschenleer. Ich gehe voraus, steuere durch die Eingangstür auf den Abfertigungsschalter unserer Fluglinie zu, da höre ich hinter mir so etwas wie einen Schreckenslaut, drehe mich um, sehe Ellinor zu Boden gesunken, Doris neben ihr, eine Polizistin eilt hinzu. Was ist geschehen?

Bei Ellinor angekommen (sie ist ganz blaß) erzählt sie, was geschehen ist: Doris und sie zögerten in der Eingangstür, jede wollte der anderen den Vortritt lassen, und da ging Ellinor schließlich voraus, in der linken Hand ihr Köfferchen, und da es geregnet hatte, waren ihre Schuhsohlen naß und der Fußboden (aus Marmor) sehr glatt.

Und so rutschte sie aus, stützte sich im Fall mit dem linken Arm auf den Koffer, und da passierte etwas mit dem Arm, sie konnte ihn nicht mehr bewegen. War er gebrochen? Er hing lose herunter.

„Mir wurde ganz merkwürdig", erzählt sie, „wie bei einer Ohnmacht, aber mir wurde nicht schwarz vor Augen, es war alles ganz hell, und Schmerzen habe ich auch nicht."

Inzwischen wurde vom Flughafenpersonal ein Rollstuhl herangeschoben (den sie nicht brauchte), alle bemühen sich rührend um Ellinor.

„Wollen wir fliegen?" frage ich sie. „Ja, wir fliegen!" sagt sie ganz selbstverständlich mit fester Stimme, in der vollkommenes Vertrauen mitschwingt. Auf den vielen Reisen ist ja bisher alles immer gut gegangen, Prüfungen gehören dazu, aber nun dies noch nach dem Geschehnis in der zweiten Nacht, mit dem merkwürdigen Gesicht des Alten, – eine weitere Attacke, um die Weiterreise zu verhindern? –

Ich bin froh über Ellinors Entschlossenheit. So gehen wir zur Abfertigung, erledigen die Eincheck-Formalitäten, erhalten auch schon die Bordkarten, doch dann reicht das Bodenpersonal uns ein Formular, in dem der Vorgang von Ellinors Unfall registriert werden muß.

Sie sind ja verantwortlich für das Geschehen innerhalb des Flughafen-Bereichs, und so wird uns auch erklärt, daß wir nur fliegen dürften, wenn Ellinors Arm nicht gebrochen wäre. Dies müßte ein Arzt untersuchen und bestätigen.

Luchito steht neben uns und sagt sofort: „Wir können das noch schaffen; es ist ja zum Glück noch recht früh, und ich kenne in einer Klinik hier in der Nähe einen befreundeten Arzt. Ich rufe ihn sofort an; mal sehen, ob er jetzt Dienst hat." (Zu dieser frühen Morgenstunde, denke ich, das wäre ja ein Zufall!) Er nennt auch noch seinen Namen: Enrique Blas.

Wir trauen unseren Ohren kaum: Vor wenigen Tagen, als wir mit einem Freund von Cuzco nach Urubamba im Heiligen Tal der Inkas gefahren waren, zu Anton Ponce, einem alten Weisen, der dort ein spirituelles

Kinderdorf gegründet hatte („SAMANA WASI"), sagte dieser Freund: „Übrigens gibt es hier einen ganz ausgezeichneten Arzt, der ist auch ein Freund von Anton Ponce, und der heißt Enrique Blas!" –

Was für eine wunderbare Fügung! Den Namen hatten wir uns – warum auch immer – gleich gemerkt, und nun ruft Luchito genau diesen Arzt an, um Ellinor zu betreuen!

Und wieder geschieht das Unglaubliche: Enrique Blas hat (zu dieser frühen Stunde!) tatsächlich Dienst, und wir sollten sofort kommen. Die Fahrt dauert nicht sehr lange (das Auto gibt sein Bestes), wir sind die ersten an diesem Morgen; am Eingang sind Polizisten postiert, denen wir unser Anliegen und unsere Berechtigung plausibel begründen müssen. Ellinors herunterhängender Arm ist als Hinweis deutlich genug.

In der leeren Eingangshalle kommt eine Schwester mit einem Rollstuhl auf Ellinor zu. Sie muß sich auf diese Regelung einlassen und sich fahren lassen (damit es auch noch dringender aussieht).

An der Rezeption gibt es einige Formalitäten zu erledigen, Ausweiskontrolle, achtzehn Dollar (für alles, was an Behandlung nötig sein wird!) im Voraus bezahlen (wir vergleichen das mit deutschen Verhältnissen), dann in Begleitung einer Schwester zum Röntgen, dem entscheidenden Vorgang: Ist der Arm gebrochen? (Dann dürften wir nicht fliegen.)

Die erlösende Nachricht, erkennbar auf dem Röntgenbild: Es ist eine Luxation, der Arm ist also nur ausgerenkt, der Ellbogen ist auf den Oberarm gerutscht. Nächste Station (wir übrigen Vier immer an Ellinors Seite, lassen uns nicht verdrängen): Hinter einem Vorhang steht die Liege, auf der der Arm wieder eingerenkt werden soll.

Die uns begleitende Schwester strahlt uns an: „Ich kenne euch! Ich habe mal an einem Seminar bei euch teilgenommen!“ – Es gibt ja keine Zufälle, alles fügt sich zusammen, und so fühlt sich Ellinor weiterhin behütet und von lichten Kräften betreut. – (Übrigens ist sie hiermit zum ersten Mal in ihrem Leben als Patientin in einem Krankenhaus.)

„Erst einmal auf den Bauch legen, den linken Arm herunterhängen lassen!“ Enrique Blas – ein eindrucksvolles Gesicht, wie ein Quechua, ein Nachkomme der Inkas, bronzefarbene Haut, schulterlanges Haar, strahlende dunkle Augen – gibt diese Anweisung, als wir hinter dem Vorhang (wir weichen nicht von Ellinors Seite) angekommen sind.

Mit einer sanften Bewegung dreht er sie auf den Rücken, der linke Arm folgt mit, und als wir fragen, wann er nun den Arm einrenken wolle, sagt er: „Ist schon geschehen!“ Wir können es kaum glauben; Ellinor hat nichts gemerkt, keinen einzigen Schmerz, nur so ein „Glibbern“, ein Rüber-Gleiten, und der Ellbogen ist wieder an Ort und Stelle.

Alles Weitere geht dann zügig vonstatten. Der Arm wird umwickelt, Enrique Blas legt noch einige Minuten seine Hände auf die betroffene Stelle, die schriftliche Bestätigung einer Luxation wird von ihm unterschrieben, mit herzlichem Dank verabschieden wir uns mit einem Gefühl von Vertrautheit von diesem Arzt, der auf so wunderbare Weise in dieser Notsituation in unser Leben getreten ist.

Er sagt noch beim Abschied: „Meine Frau hat bei euch auch mal an einem Seminar teilgenommen!" – Es fügt sich so vieles auf erstaunliche Weise zusammen, daß wir immer mehr darin bestätigt werden, daß das Leben ein Mysterium ist.

Auf der Rückfahrt zum Flughafen beeilt sich Doris' Auto und gibt wieder sein Bestes. Luchito fragt: „Wann müßtet ihr wieder am Flughafen sein?" Wir antworten: „Gegen acht Uhr!" – Er schaut beim Einbiegen in das Flughafengelände auf seine Uhr: Es ist Punkt acht Uhr!

Der weitere Verlauf ist dann planmäßig, jedoch mit einer speziellen Betreuung durch das Personal. Nach dem Vorweisen der ärztlichen Bestätigung werden wir vorzugsweise behandelt: Wir dürfen als erste an Bord. – Die Erleichterung könnt ihr euch vorstellen, als wir auf unseren Plätzen in der ersten Reihe im Flugzeug in die Polster sinken können, tief ausatmend, die Erlebnisse der letzten Stunden und Tage in uns ausklingen lassend.

Es ist noch relativ früh am Tag. Als wir eine gewisse Höhe nach dem Start erreicht haben, befindet sich die bereits aufgegangene Sonne links von uns in gleicher Höhe wie wir. Auf der rechten Seite sehen wir durch die Fenster eine hohe weiße Wolkenwand, an der wir längere Zeit vorbeifliegen.

Da machen wir uns gegenseitig auf ein außergewöhnliches Phänomen aufmerksam: Auf dieser Wolkenwand erscheint der Schatten unseres Flugzeugs (die Sonne ist ja links, die Wolke rechts), gleitet über die weiche Oberfläche der Wolken, und – dies Bild ist für uns für immer unvergessen – um unseren Flugzeugschatten herum bildet sich ein großer kreisrunder Regenbogen!

Wir sind überwältigt von dieser Botschaft: Ihr seid beschützt! Alles ist gut! Einen wunderbareren Schutz als diesen Regenbogen um unser Flugzeug herum können wir uns nicht vorstellen. Und das als Abschluß nach diesen Nächten und Tagen, in denen unser Vertrauen so sehr auf die Probe gestellt worden war! – Dieses Schauspiel hält mehrere Minuten an, – und dies sind für uns wundervolle Momente außerhalb von Zeit.

Von nun an sind wir nur noch mehr von der ruhigen, stillen Gewißheit erfüllt, auf unserem Weg begleitet und geführt zu sein. –

In Arequipa setzt das Flugzeug ganz sanft auf den Boden auf…